گناہ کا خوف

(افسانے)

چودھری محمد علی ردولوی

Gunaah ka khauf *(Short Stories)*
by: Chaudhari Mohammad Ali Rudaulvi
Edition: November '2025
Publisher :
Taemeer Publications LLC (Michigan, USA / Hyderabad, India)

ISBN 978-93-6908-261-2

کتاب	:	**گناہ کا خوف** (افسانے)
مصنف	:	**چودھری محمد علی ردولوی**
صنف	:	فکشن
ناشر	:	تعمیر پبلی کیشنز (حیدرآباد، انڈیا)
سالِ اشاعت	:	۲۰۲۵ء
صفحات	:	٦٤
سرورق ڈیزائن	:	تعمیر ویب ڈیزائن

فہرست

ا

میٹھا معشوق

اللہ بخشے مرزا صاحب کا دماغ بذلہ سنجیوں کا ذخیرہ تھا، زبان چٹکلوں کی پوٹ تھی۔ پھر عمر بھی اتنی پائی کہ دوسرے کے پاس اتنا سامان ہو ہی نہیں سکتا تھا۔ اس کے علاوہ انداز بیان کچھ ایسا تھا کہ سیدھی سیدھی بات روزمرہ کے واقعات جب کہنے لگتے تھے تو داستان گو کی داستانیں مات تھیں۔

نہ معلوم کس طرح کا الٹ پھیر لفظوں کا ہوتا تھا کہ جملوں میں نئے نئے معنوں کی جھلک پیدا ہو جاتی تھی۔ فقروں میں اصلی معنی کے ساتھ ساتھ دوسرے پہلوؤں کی پرچھائیاں دکھائی دیتی تھیں جیسے نگینے کی چھوٹ پڑتی ہے۔ اختصار کے بادشاہ تھے۔ ایک دن ایک شاعر صاحب کہنے لگے میں تو بہت کم کہتا ہوں۔ مرزا صاحب بولے خیر غنیمت ہے۔ ان کا طول بھی ایسا ہی دل آویز ہوتا تھا۔ کسی نے مزاج شریف پوچھا، کہنے لگے اگر شکر نہیں بھی ہے تو شکایت کی مجال کس کو ہے۔

ایک قصہ خود اپنے خاندان کا بیان کرتے تھے، مگر وہ زبان کہاں سے لاؤں گا، فرمانے لگے کہ غدر کے بعد ہمارے ایک دادھیالی عزیز تھے۔ لکھنؤ سے فاصلہ پر رہتے تھے۔ ان کا مقدمہ فائنشلی میں تھا۔ ریل اس وقت تک نکلی نہیں تھی۔ لوگ

شکرم اور اونٹ گاڑیوں پر سفر کرتے تھے۔ امراء کہاروں کی ڈاک بٹھا کر چلتے تھے۔ متوسط حال لوگ اپنے گھر کی رتھ بہلیوں پر معہ نوکروں چاکروں کے آہستہ خرام بلکہ مخرام کی چال چلتے تھے۔ انھیں حضرات میں مرزا صاحب کے چچا بھی تھے، خود بہلی پر، اور مصاحبت میں مختصر ریاست کے دیوان منشی بخت بلی کائستھ جن کے چھوٹی بڑی ریاست کا ہونا ویسا ہی ممکن تھا جیسے ان کی ماش کی دال بے ہینگ کے ہو۔ جلو میں کارکن صاحب جن کو نائب کہہ لیجیے، ٹٹو پر ایک لٹھ بند سپاہی اور دو نفر ہمراہی، جن میں ایک بڑے مرزا صاحب کا خدمت گار اور دوسرا نائب صاحب کا نیم سائیس اور نیم خدمت گار اور وقت ضرورت باورچی بھی۔ میری گستاخی کی جسارت معاف ہو۔ اس جگہ میں اپنے پڑھنے والوں کا امتحان لینا چاہتا ہوں، بھلا بتایئے تو اس کہانی کا ہیرو کون ہے۔ "اتنے کے بیچ موری بندیا ہرانی۔" ہے، انھیں لوگوں میں مگر تنکے اوٹ پہاڑ اگر آپ بوجھ گیے تو ہم بھی قائل ہیں۔

بہلی کے سازوسامان میں بچھونے، لالہ کی لٹیا، مرزا صاحب کا لوٹا، جانماز، مختصر سامان مطبخ، ایک عدد توا اور ایک دو پتیلیاں، کچھ دال مسالے کی پوٹلی بہلی کے پیچھے جال میں، مسل مقدمہ کی دیوان جی کی بغل میں، مگر لالہ صاحب اور بڑے مرزا صاحب کے درمیان میں اور گاڑی بان کے پیچھے یہ کون چیز رکھی ہے۔ حضرت اس کو نہ پوچھیے، یہی تو قصے کی جان ہے۔ اگر یہ نہ ہوتی تو کہاں ہم کہاں آپ، یہ کہانی، بڑے مرزا صاحب کے ایسے ہزاروں سفر کر گیے، ہزاروں سفر کر رہے ہیں اور لاکھوں سفر کریں گے، مگر ہر مسافر کی کہانی تھوڑے ہی لکھی جاسکتی ہے۔ داستان گو اور قدر دانوں کو جمع کرنے والی وہی ہے جو بہلی کے بیچوں بیچ میں بڑی حفاظت سے

رکھی ہے۔ یہ مٹھائی کی ایک ٹوکری ہے جس میں کم سے کم دس بارہ سیر مٹھائی ہوگی۔ اس پر ایک پرانی چادر سلی ہوئی ہے اور انداز سے سوغات معلوم ہوتی ہے۔

تین دن دو راتوں کا سفر ہے، خدا خدا کر کے پہلا دن کٹا، سرا کی صورت دکھائی دی۔ کمریں کھلیں، اسباب اتارا گیا۔ لالہ نے عرض کی کہ ان کے ایک عزیز کا گھر سرائے سے تھوڑی ہی دور پر ہے۔ اگر بڑے مرزا صاحب اجازت دیں تو یہ وہیں سو رہیں۔ ضروری سامان مثل حقہ، بچھونے کے، کوٹھری میں اتارا گیا۔ باقی بھٹیاری کی سپردگی میں دیا گیا۔ اتنے میں بھٹیاری پان کھائے منہ لال کیے مسکراتی سامنے آن کھڑی ہوئی۔ میاں مٹھائی میرے یہاں نہ رکھتے تو اچھا ہوتا۔ میرے لڑکے بہت شریر ہیں، کھانے پینے کی چیز رکھنے والا میرا گھر نہیں۔ اگر نقصان ہوگیا تو میں کہاں سے پورا کروں گی۔ بڑے مرزا صاحب پریشان ہوگیے، بے ساختہ اپنے خدمت گار پر نگاہ جمائی اور پھر کارکن صاحب کی طرف بے بسی سے دیکھا اور زبان حال سے بولے کہ بتاؤ اب کیا کیا جائے۔ جب کوئی کچھ نہ بولا تو فرمانے لگے کہ مٹھائی اس کوٹھری میں نہیں رہ سکتی۔ اپنے خدمت گار کی طرف اشارہ کر کے کہنے لگے کہ جب تک یہ مردود یہاں ہے مٹھائی کی ٹوکری اس کوٹھری میں نہیں رہ سکتی۔

ملازم: (نہایت بے باکی سے جس میں گزشتہ اور موجودہ جھوٹے سچے الزامات کی شکایت بھی پائی جاتی تھی) ہم آپ کی کوٹھری کے پاس نہ جائیں گے۔ ایسی ایسی مٹھائی کی طرف ہم پھر کے بھی نہ دیکھیں گے۔ راستے میں چھوڑ کر چلے جانا نمک حرامی ہے، مگر گھر پہنچ کر میاں ہمارا حساب ہو جائے۔ بیچ پی ہزار نعمت کھائی۔ اب ہم نوکری نہ کریں گے۔ چار آدمیوں کے بیچ میں جب دیکھو آپ ہم کو چوری لگاتے

ہیں، ہاتھ بیچا ہے کوئی ذات نہیں بیچی ہے، جب آبرو ہی نہ رہی تو نوکری کس کام کی۔ اپنے گھر کے سوکھے ٹکڑے ہم کو بہت ہیں، جہاں کام کریں گے وہیں پیٹ پل جائے گا۔

بڑے مرزا صاحب (نائب صاحب کی طرف اس طرح مخاطب ہوئے گویا انھوں نے ملازم کی باتیں سنی ہی نہیں) شیخ جی یہ مٹھائی کہاں رکھوائی جائے۔

شیخ جی: آپ کو اگر ایسا ہی خیال ہے تو منشی بخت بلی کے ساتھ کر دیجیے، صبح کو لیتے آئیں گے۔ ہاں ہاں ٹھیک ہے۔ لالہ تم یہ ٹوکری لیتے جاؤ، اسی طرح یہ بچ سکتی ہے، نہیں تو یہ مزدور ضرور کھا جائے گا۔

ناظرین! ایسے بدتمیز، بدنیت نوکر کو رکھنا مرزا صاحب ہی کا کام تھا۔ کیونکہ بجائے ہمارے آپ کے مرزا صاحب ہی کا ہاتھ پتھر کے نیچے دبا تھا۔ گھر میں ایک نوجوان لڑکی رہتی تھی۔ اس سے اور بڑے مرزا صاحب سے کچھ لگا سگا ہو گیا، بے چارے بھاری بھرکم، مہذب، شائستہ، ذی عزت آدمی تھے، مگر دل کے ہاتھوں مجبور ہو گیے تھے اور اس مقام پر پہنچ چکے تھے جہاں رذیل شریف سب میں مساوات ہوتی ہے۔

بندۂ عشق شدی ترک نسب کن جامی

کاندریں راہ فلاں ابن فلاں چیزے نیست

چیز اچھی تھی، جیسے گھورے کا گلاب، نہ پگڑی میں لگاتے بنے نہ توڑ کر پھینکتے بنے۔ اس لیے یہی ٹھہری تھی کہ ایک ٹٹی کی آڑ ضرور ہونی چاہیے اور یہ ملازم صاحب وہی ٹٹی تھے، جن کی آڑ میں شکار ہوتا تھا۔ چونکہ ان واقعات سے تینوں

فریق واقف تھے۔ اس وجہ سے آپ ہی کہیے کہ اس تثلیث میں تفریق کیوں کر ہو سکتی تھی۔ رات کو لوگوں نے آرام کیا اور صبح اندھیرے منھ چلنے کا پاتراب ہوا۔ مگر منشی جی کو آنے میں کچھ دیر ہوئی۔ مرزا صاحب کا ملازم دوڑا گیا۔ منشی جی آئے تو مگر بہت پریشان اور شرمندہ۔

منشی جی: حضور ایک بڑی غلطی ہوگئی ہے، جو سزا دیجیے کم ہے، مجھ سے ایک چوک ہوگئی۔

مرزا صاحب: کیا چوک ہوگئی ہے؟

منشی جی: چوک حضور یہ ہوگئی ہے کہ جب آپ کا خدمت گار پہنچا تو میں نے اپنے عزیز سے کہا کہ مٹھائی اندر سے منگواؤ اور میں بیٹھ کر داتون کرنے لگا، اتنے میں ٹوکری میں کتے نے منھ ڈال دیا۔

بڑے مرزا صاحب: ایں یہ کیسے ہوا (خدمت گار کی طرف اشارہ کرکے) اور یہ کہاں تھا؟

منشی جی: یہ بھی وہیں تھے۔ انھوں نے ہی دوت دوت کہا مگر وہ منھ ڈال چکا تھا۔

بڑے مرزا صاحب: اجی بالکل غلط، کتّا وتّا کچھ نہیں، یہ اسی بے ایمان کی حرکت ہے۔ تم منشی جی اس کو کیا جانو یہ بڑا حرام زادہ ہے۔ حرام خور نمک حرام آدمی ہے۔

ملازم: آپ ہم ہی کو کہتے ہیں، دیکھیے کپڑا دانت سے پھٹا ہے کہ نہیں، اگر میں دوت دوت نہ کرتا تو سب کھا جاتا۔

بڑے مرزا صاحب: کچھ نہیں، ایک ہی طرف تو خراب ہوئی ہے۔ اس نے

کپڑا دانت سے پھاڑ ڈالا ہو گا اور پھر دوت دوت چلایا ہو گا۔ اجی میں اس کے ہتھکنڈوں سے خوب واقف ہوں۔ بھٹیاری سے کہو کہ جلدی سے اس کو سی دے، یہ مٹھائی خراب وراب نہیں ہے۔

لیجیے صاحب دوسرے دن کا سفر شروع ہوا اور شام کو بجائے سرائے میں سونے کے میدان میں پڑاؤ ڈالنے کی ٹھہری، چاندنی آدھی رات کے پہلے پہلے کھیت کر آئے گی۔ چپقلش سے یہ کھلے میدان کی ہوا کہیں خوشگوار ہے۔ بہلی ایک طرف کھڑی کی گئی اور بیل اور گھوڑا درختوں سے باندھے گیے۔ گاڑی بان اور سائیس جانوروں کی حفاظت کے لیے نکل گیے۔ باقی لوگ مٹھائی کی رکھوالی کرنے لگے۔ بیچ میں مٹھائی کی ٹوکری اور اس کے ایک طرف بہ نفس نفیس خود مرزا صاحب کا بستر لگا۔ دوسری طرف نائب صاحب، تیسری طرف منشی جی کا اور چوتھی جانب سپاہی تعینات ہوا۔ یہ دیکھ کر خدمت گار نے اپنا مختصر بچھونا بہت دور ہٹ کر لگایا۔ رات کو دو کا عمل رہا ہو گا کہ دور سے آواز آئی، دوت دوت۔ مرزا صاحب اٹھ بیٹھے اور نائب صاحب سے کہنے لگے، شیخ جی دیکھتے ہیں آپ، کتا اسی سالے کو دکھائی دیا اور کسی کو نہیں۔

خدمت گار: میاں آپ گالی دے رہے ہیں۔ وہ دیکھیے کالا کالا جا رہا ہے۔ خیر رات کو بھاگتا ہوا کتا کسی کو کیا دکھائی دیا ہو گا۔ مگر ٹوکری کا کپڑا پھر اسی طرح پھٹا ہوا پایا گیا اور کچھ مٹھائی بھی ادھر ادھر پڑی دیکھی گئی۔ کتے اور آدمی کا مسئلہ دوبارہ تازہ ہوا۔ آج بھٹیاری تو تھی نہیں، لیکن سوئی دھاگہ سپاہی کے بٹوے میں نکل آیا اور مرزا صاحب نے خود گانٹھ گانٹھ کر ٹوکری کو درست کیا اور شاموشام بخیر و خوبی لکھنؤ

پہنچ گیے۔

لکھنؤ سے دو چار کوس پہلے جب بڑے مرزا صاحب ایک خاص ضرورت سے اَرہر کے کھیت کی طرف تشریف لے گیے تھے اور خدمت گار لوٹا لے کر ساتھ گیا تھا، اس وقت منشی جی اور سپاہی میں مٹھائی کی باتیں چھڑیں تھیں۔ ان دونوں آدمیوں کو مٹھائی سے کوئی واسطہ نہیں ہو سکتا تھا، اس لیے یہ لوگ بہتر رائے قائم کر سکتے تھے۔ منشی جی کا خیال تھا کہ مرزا صاحب اتنے شوق سے مٹھائی کی سوغات لے کر چلے ہیں۔ وہ نہیں چاہتے کہ کتے والی بات ثابت ہو جائے کیونکہ پھر تو مٹھائی پھینک ہی دینا پڑے گی۔ سپاہی اس کے خلاف تھا، مگر اس کی بھی رائے بدل چکی تھی کہ نائب صاحب کا ملازم آگیا اور اس نے آہستہ سے کہا کہ خدمت گار نے مٹھائی کی دو ڈلیاں مجھ کو بھی دی ہیں۔ اب معاملہ صاف ہو گیا۔ مرزا صاحب سے کسی نے نہیں کہا۔ بہر حال لکھنؤ پہنچ کر مٹھائی رات کو سرائے کی کوٹھری کے اندر قفل میں رکھی گئی اور رات ہی سے صبح کو کچہری کی تیاریاں شروع ہوئیں۔ منشی جی کسی اور کام سے بھیجے گئے اور خود مرزا صاحب مع نائب صاحب کے عدالت کو چلے۔ احتیاطاً خدمت گار علیہ ماعلیہ کو ساتھ لے لیا کہ مٹھائی اس کے دست برد سے بچی رہے۔

عدالت کے دروازے پر خدمت گار سے بستہ مانگا گیا تو معلوم ہوا کہ وہ کوٹھری ہی میں رکھا ہے۔ مٹھائی کی تباہی اور نیز لذت تینوں آدمیوں کی نگاہوں میں پھر گئی، مگر مرتا کیا نہ کرتا، وہی خدمت گار واپس بھیجا گیا، اور سخت حکم دیا گیا کہ الٹے پاؤں واپس آئے، مٹھائی کا خیال بار بار آیا، مگر مجبوری تھی۔ اب مرزا صاحب کی الجھن نہ پوچھیے، بے چارے پریشان حال سراسیمہ ادھر ادھر ٹہل رہے

ہیں۔ کیوں شیخ جی اگر پکار ہو گئی تو کیا ہو گا۔ مقدمہ تو خاک میں مل ہی چکا۔ غضب تو یہ ہے کہ جو کوئی سنے گا کیا کہے گا کہ گیے تھے مقدمہ لڑنے اور مسل گھر ہی چھوڑ آئے۔ ہمارے مدمقابل وطن پہنچ کر کیا کیا ہنسی اڑائیں گے۔ قصے کو کیسا کیسا مشہور کریں گے، نمک حرامی کی انتہا کر دی۔

اب گھر پہنچتے ہی اس مردود بے ایمان، مربی کش محسن سوز مار آستین کو نکال ہی دیں گے اور بری طرح نکالیں گے۔ بھلا میں کہتا ہوں کہ دوسرے فریق سے مل تو نہیں گیا ہے اور جو مسل سرا میں بھی نہ ہوئی تو۔ یہ بڑا بے وقوف ہے اس کا اعتبار تو شاید دشمن بھی نہ کریں۔

شیخ جی: جی نہیں، اتنے دنوں کا رہا سہا ہے، ایسا تو کیا کرے گا، دیکھیے معلوم ہوا جاتا ہے۔ اگر پیشی کے وقت تک نہ آیا تو کوئی نہ کوئی ترکیب نکال ہی لی جائے گی۔ آپ پریشان نہ ہوں۔

بڑے مرزا صاحب: پریشان کیسے نہ ہوں، سب کی کرائی محنت غارت غول ہوئی جا رہی ہے۔ نقصان مایہ اور شماتت ہمسایہ اوپر سے۔ خدا کرے ابھی پکار نہ ہو۔ مرزا صاحب یہ دعائیں مانگ ہی رہے تھے کہ قیامت کا صور پھنک گیا، مرجا فلاں بنام فلاں کوئی حاجر ہے۔ چہرے پر ہوائیاں چھوٹنے لگیں۔ کلیجہ بلیوں اچھلنے لگا، ہاتھ پاؤں برف ہو گیے، حواس یہ جا وہ جا۔ خدمت گار سے جا ملے۔

بڑے مرزا صاحب: اب کیا ہو گا شیخ جی۔

شیخ جی: چلیے تو عدالت سے عذر کریں گے۔

خدا نے خیر کی کہ وہاں پہنچتے ہی معلوم ہوا کہ تاریخ بڑھ گئی۔ جان میں جان

آئی۔ باہر نکلے، کچھ خوش کچھ غصہ لمبے لمبے قدم رکھتے چلے کہ مسل کی خبر لیں۔ سرا کے پھاٹک پر نائب صاحب کا نوکر دکھائی دیا۔

بڑے مرزا صاحب: اور وہ کیوں نہیں آیا۔

نوکر: اس نے کہا کہ میرے پاؤں میں موچ آگئی ہے۔ تم لے کر جاؤ۔

بڑے مرزا صاحب: شیخ جی مٹھائی کی خیر نہیں معلوم ہوتی۔

دور ہی سے کوٹھری کی کنڈی اتری ہوئی اور دروازہ بھڑا ہوا دکھائی دیا۔ مرزا صاحب نے چال بدل دی اور دبے پاؤں چلنے لگے۔ دراڑ سے بھڑ کر ملاحظہ کیا۔ دیکھتے کیا ہیں کہ پلنگ پر رنگ برنگ کی مٹھائی کا چورا اور ٹکڑے بکھرے ہوئے بہار دکھا رہے ہیں۔ ٹوکری کا گریبان پہلے ہی سے تار تار ہو چکا ہے اور رقیب روسیاہ کا منھ اور جیبیں پھولی ہوئی ہیں اور وہ پانچوں انگلیاں زمین پر رگڑ رگڑ کر صاف چادر پر موقع موقع سے کتے کے پاؤں بنا رہا ہے۔ دروازہ کھلا دھڑ سے۔ چٹاخ چٹاخ، چٹ پٹ، دھم پٹ تڑ، بھلا بے اندھی رانڈ کے جنے، آج پکڑا گیا نا۔

***

۲

عشق بالواسطہ

لارڈ کرزن ہندستان کے سابق وائسرائے اور انگلستان کے مشہور سیاست داں کی بابت مشہور تھا کہ وہ "میں" کا استعمال بہت کرتے تھے۔ قیصر ولیم شہنشاہ جرمنی میں بھی لوگ یہی عیب بتاتے تھے۔ نفسیات کے ماہرین کہا کرتے تھے کہ یہ لوگ اپنی انانیت کی وجہ سے وہ ٹھوکریں کھائیں گے کہ ان کے مرنے کے بعد بھی دوسرے یادرکھیں گے۔ وہ دونوں تو چل بسے۔ اب اس زمانے میں ایک ہم ہی خودی کے قدرداں رہ گئے ہیں، رہے نام اللہ کا۔

تو ہم بھی کب تک، ناظرین کو اگر میری بات میں شک ہو تو واحد متکلم کا صیغہ اس تحریر میں گنتے جائیں۔ ہاتھ کنگن کو آرسی کیا ہے۔ معلوم ہی ہو جائے گا میرے ان دونوں ہم خیالوں میں صفات یہی تھے جن کو سراہنے میں ان کو لطف آتا تھا۔ ہم میں ذری صفات کی کمی رہ گئی ہے۔ اس لیے ہم اپنے عیوب ہی کا ذکر کرکے سڑا سا منہ سوندھا کرتے ہیں۔ عیوب کا لفظ تو ہم نے مصنف خوار معترضین کا منہ بند کرنے کے لیے استعمال کیا ہے۔ اگر ہم ان کو واقعی عیب سمجھتے تو بیان ہی کرنے کیوں بیٹھتے۔ زیادہ سے زیادہ یہ تھا کہ کمزوریاں کہہ دیتے وہ بھی آپ کی خاطر سے ورنہ ہم

تو ان کو صفات ہی سمجھتے۔

اپنے عیوب اور صفات کی طویل فہرست میں ہم جس عیب کا تذکرہ کرنے جاتے ہیں وہ صنف نازک سے تعلق رکھتا ہے۔ دنیا عجیب جگہ ہے۔ یہاں دل میں کچھ ہو مگر زبان پر وہی ہو گا جس کو سننے والے اور کہنے والا سب ہی جھوٹ جانتے ہیں۔ مگر سچ پکارتے رہتے ہیں۔ آپس میں سمجھوتہ اسی پر ٹھہرا ہے جیسے چوروں میں ہوتا ہے۔ عورت کا نام آیا نہیں کہ ان حضرات کا ذہن عیوب کی طرف منتقل ہوا نہیں۔ اب لاحول ولا قوۃ ہے، الحیاہ من الایمان ہے، استغفر اللہ کا زور بندھا ہے۔ دل کا حال تو خدا ہی جانتا ہے کہ صرف منھ میں شیخ فرید ہے ورنہ بغل میں اینٹیں ہم سے بھی زیادہ لیے ہیں۔ اور ہم ہیں کہ حافظ شیرازی، شیخ سعدی اور عمر خیام رحمہم اللہ تعالیٰ کے قدموں سے لگے مونچھوں پر تاؤ دیتے چلے جاتے ہیں۔

من ارچہ عاشقم و رند مست و نامہ سیاہ
ہزار شکر کہ یاران شہر بے گنہ اند
گر کند میل بخوباں دل من خوردہ مگیر
کیں گناہے است کہ در شہر شما نیز کنند
باماہ جبیں نشستہ در ویرانے
عیشے است کہ ہست حد ہر سلطانے

تو وجہ کیا کہ ہمارے دشمن لوگ عورت کا صرف ایک ہی مصرف جانتے ہیں اور ہم خدا کی اس "موہبت عظمیٰ عطیہ کبریٰ" کی قدر پہچانتے ہیں کہ چاہے ابو الآدم کی پہلی خدائی خلافت ہو، چاہے ابو القاسم محمدؐ کی آخری رسالت ہو۔ حوا اور خدیجہ

سلام اللہ علیہا کی ضرورت ہمیشہ تسلیم ہوئی ہے۔ ذرا غور تو فرمایئے۔ حضرت آسیہ نہ ہوتیں تو حضرت موسیٰ علیہ السلام پر کیسی بنتی۔

پولیٹکل ضرورت سے ایک بار ہم الہ آباد گیے۔ کئی دن کی مصروفیت اور ہم آدمی ٹھہرے کاہل۔ تھک سے گیے، مگر لطف کے جلسے چھوڑنے کو دل نہیں چاہتا تھا۔ ہم سے زیادہ ہماری بی بی پریشان ہو گئیں۔ مہاوٹیں جو برسنے لگیں تو ڈنر ٹیبل اور ڈرائنگ روم، پارٹیوں اور چائے کی دعوتوں کا مزا کرکرا ہو گیا اور بی بی کی طرف سے واپسی کا اصرار شروع ہوا۔ اپنی بی بی کے مزاج سے کون نہیں واقف ہوتا۔ اس لیے میں نے کہا بھی کہ ابھی تو دو ایک ساڑیاں اور جوڑے بن پہنے رہ گیے ہیں۔ جلدی کا ہے کی ہے مگر ان کی ضد بڑھتی ہی گئی۔

میں: اور وہ سبز پائپنگ والی شفن جارجٹ ساری اور نیا سٹ۔

بی بی: ہو گی وہ ساری اور نیا سٹ، کوئی ہم سے چھین لے جائے گا! دیکھ رہے ہو، یہ بن برسات کی برسات لگی ہے۔ بوتات والی کوٹھری ساون میں کتنی ٹپکتی تھی اور اناج یوں ہی ٹوکروں میں بھرا چھوڑ آئے ہیں۔

یہ نسوانی دلیل پائپنگ والی ساڑی اور نئے سٹ پر بھی غالب آگئی اور ناچار ایک عنایت فرما کو معذرت کا خط بھی لکھنا پڑا کہ ہم لوگ سخت مجبوری میں گھر واپس جا رہے ہیں اور کل کے ڈنر میں نہ شریک ہونے کا ہم دونوں آدمیوں کو بڑا قلق ہے۔

میں: صرف جج صاحب کے یہاں جانا رہ گیا ہے۔ صبح ان کے یہاں ہوتے ہوئے مکان نکل چلیں گے۔

بی بی: ان کے یہاں جانا بہت ضروری ہے، نہیں تو بڑی شکایت ہو گی۔ مگر زیادہ

دیر نہ لگانا تم تو جہاں بیٹھ جاتے ہو، اٹھنے کا نام ہی نہیں لیتے ہو۔

دوسرے دن صبح کو نو بجے ہم لوگ جج صاحب کے یہاں پہنچے۔ خود جج صاحب تو تھے نہیں۔ مگر ان کے چھوٹے بیٹے اور جج صاحب کی بی بی تھیں۔ ایک مہمان بھی ٹھہری تھیں۔ تعارف ہوا باتیں ہونے لگیں۔ یہ صاحب زادی ابھی ابھی آکسفورڈ سے واپس آئی ہیں۔ جج صاحب کے صاحب زادے اور یہ لوگ کمیونسٹک انداز کے لوگ ہیں۔ خیر پولیٹکل خیالات سے اس وقت نہ ہم کو دلچسپی ہے نہ ان جھگڑوں میں پڑنے کو دل چاہتا ہے، وہ تو کسی ایسے ستارے کی گردش میں پیدا ہوئے ہوں گے جہاں عورت کا راج ہو گا۔

دل ابھی تک جوان ہے پیارے
ایک آفت میں جان ہے پیارے

ساٹھ برس کا سن عشرۂ قاتلہ کو پار کرنا کوئی بچوں کا کھیل نہیں اور ہم ہیں کہ اس کی بھی ہمت باندھے ہیں، بقول نظیر اکبر آبادی کے

اب بھی ہمارے آگے یارو جوان کیا ہے

ان صاحب زادی سے تعارف میرا کرایا گیا کہ فلاں شخص کے والد ہیں۔ ایک وقت تھا کہ ہمارا تعارف لوگوں سے اس طرح کروایا جاتا تھا کہ فلاں کے بیٹے ہیں، فلاں کے داماد ہیں۔ اور اب یہ زمانہ لگا ہے کہ فلاں کے باپ ہیں اور فلاس کے سسر ہیں، مگر ہم چکنے گھڑے، ہماری سمجھ ہی میں نہیں آتا کہ ہم وہ نہیں رہے۔

وہ صاحب زادی: آپ سے مل کر بڑا جی خوش ہوا (اپنے میزبان کی طرف اشارہ کرکے) ان سے اور اپنے دوسرے دوستوں سے آکسفورڈ میں اور یہاں بھی

آپ کے لڑکے کی بڑی تعریفیں سنی ہیں۔ آج کل کہاں ہیں؟

میں: جی ہاں یقیناً لکھنؤ میں ہوں گے۔

صاحب زادی: ہم لوگ اس وقت دریا کی سیر کو جارہے ہیں، چلیے آپ بھی چلیے۔

میں: میں تو کل ہو آیا ہوں مگر چلیے ضرور چلوں گا (اپنی بی بی کی طرف مخاطب ہو کر) پھر اس وقت کا جانا ملتوی کر دو۔ شام کو چلیں گے۔

اناطول فرانس، میر تقی میر، ولیسیکز، فردوسی، رمبراں، سعدی، گوئٹے، رفیل روحیں میری مدد کو پہنچو۔ تمہارے اس ناچیز مرید پر بڑا سخت وقت پڑا ہے، تم نے بڑے گاڑھے وقت میں میری مدد کی ہے۔ میری کمزور انگلیوں میں جس دو، میرے گھسے پسے قلم کو مو قلم کا زور بخشو کہ اس گھڑی کی تصویر اتار دے۔

ہماری کمسن بی بی نے کہا تو صرف "اچھا" مگر ان کے چہرے پر اس مایوسی کی جھلک دکھائی دی جو ارادہ فسخ ہونے پر پیدا ہوتی ہے۔ فلسفیانہ تاسف کی مسکراہٹ نے زبان حال سے کہا ہم نے تو ان کی صورت دیکھتے ہی سمجھ لیا تھا کہ تم پھسل پڑو گے۔ ماتھے کی خفیف شکن اور ابرو کی کمان نے کہا، "تمہارے سن کی زیادتی سے اور نیز اس وجہ سے کہ ہم سے محبت کرتے ہو، اطمینان ہے کہ افلاطونی محبت سقراطی محبت تک نہ پہنچے گی۔ پھر بھی ہماری مسکراہٹ پر نہ جاؤ۔" آنکھوں نے یہ بھی کہا کہ اس وقت غیر جگہ نہ بیٹھے ہوتے تو رنگ دوسرا ہوتا۔ مگر تم پریشان نہ ہو، گھر پہنچ کر بھی ہم لڑیں گے نہیں۔ عادت کے گھٹے پڑ چکے ہیں۔" ہونٹوں نے کہا، "اور بات خدا لگتی کہنا چاہیے، تمہاری بچوں کی ایسی باتوں پر ہنسی بھی تو آتی ہے کہ

جہاں کسی نے چٹکی بجائے۔ تم گیگلے بچے کی طرح ہمک کر اسی کی گود میں پہنچ گئے۔" گردن کے ڈورے نے ایک طرف پھر کر کہا، "ارے تم شام کو بھی نہ چلوگے، ہم تو جانتے ہیں نا! خیر دریا کی سیر ایک بار پھر ہو جائے گی اور وہ پائپنگ والی ساڑی اور نیاسٹ بھی سوارت ہو جائے گا۔ ہمارا بھی تو ہاتھ نگوڑا پتھر کے نیچے دبا ہے۔ چلو یوں ہی سہی۔" گالوں نے ٹھڈی کی مدد لے کر کہا، "ہم بھی تو تمہارے پیار سے بے بس ہیں۔"

بنگال کی شاخ کا چشمہ انگلستان کے پودے پر بندھا۔ منورما اپنے ملک کو واپس آئیں۔ آکسفورڈ کے فرسٹ کلاس کے نیچے کبھی بات نہیں کی۔ ہندستان آئیں، جو دیکھتا ہے کہتا ہے، "واہ واہ!" صورت شکل کوئی دنیا سے نرالی نہیں ہے مگر وہ بات جس کو شیراز کے حافظ جی "آن" کہا کرتے تھے۔ ہر چیز سے پیدا ہے۔ کچھ ناگن کی سی چال کچھ برق تمثال، کچھ پھول کچھ کلی، آدھی بند آدھی کھلی، چاندی کی سی بے تکلفی، علم کی خود اعتمادی، کمیونسٹ فلسفے کی بنا پر برابری کا دعویٰ، خود نسوانیت کے حقوق نہیں مانگتی تھیں مگر مردوں میں کچھ ایسا رومانی اثر پیدا ہو جاتا ہے کہ ہر شخص خراج تحسین لیے حاضر ہے۔ آنکھوں سے باتیں کریں، ہنسی سے خوشی پیدا ہو، ہونٹوں کی جنبش میں پسندیدگی ناپسندیدگی۔۔۔ گال، ناک، ماتھا مسائل حل کر رہے ہیں۔

نہ گفت و من بشنیدم ہر آنچہ گفتن داشت
کہ در بیاں نگہش کرد بر زبان تقدیم
دہاں چو نوبت خویش از نگاہ باز گرفت

فتاد سامعہ در موج کوثر و نسیم

میرے پڑھنے والو معلوم نہیں کہ تم میرا مضحکہ اڑاؤ گے یا خود اپنے آنے والے بڑھاپے کا خیال کر کے عبرت بمد پیشگی کرو گے۔ مگر ہم تو کھیت رہے۔ انا للانات وانا الیہن راجعون۔ کہاں کی واپسی اور کیسا رخت سفر۔ اس وقت چائے ہے تو اس وقت سنیما ہے۔ سیر ہے تفریح ہے۔

رشتہ در گردنم افگندہ دوست

می برد ہر جا کہ خاطر خواہ اوست

ایک کوئی ہمارے ہی ایسے اگلے زمانے میں بھی گزرے ہیں، خالی وہ جوان تھے ہم تجربہ کار ہیں۔ شحنہ عشق ان پر بھی ہماری ہی طرح سوار تھا۔ وہ بے چارے جنگل جنگل اپنی معشوقہ کا نام لیتے پھرتے تھے اور نعرے لگاتے تھے کہ "آہ حسینہ میری نیند اڑا لے جانے والی، مجھ کو راتوں کو جگانے والی۔" ان کا خدمت گار بھی ساتھ ساتھ تھا۔ دبی زبان وہ بھی کہتا جاتا تھا، "میری بھی نیند اڑا لے جانے والی، مجھ کو بھی راتوں کو جگانے والی" یہی حال ہماری بیگم صاحب کا تھا کہ وہ بھی کچھ ہنسی، کچھ غصہ زبان حال سے وہی خدمت گار والی باتیں فرماتی تھیں۔ گو تجربے کی بنا پر ان کو اطمینان تھا پھر بھی۔

"دل نہ اڑ جائے کہیں دام سے تیرے صیاد

گرچہ پژمردہ ہے یہ صید و لے طیر تو ہے"

عمر بھر کے ساتھ کا وعدہ خدا کے سامنے رسول کے سامنے پنچ برادری کے سامنے کر چکی تھیں۔ بھلا ایسے وقت میں ایک باؤلے کو بغیر رسی کے یوں ہی کیسے

چھوڑ دیتیں۔ صبح کی گاڑی تو چھوٹ ہی چکی تھی۔ شام کی گاڑی گئی۔ اب دوسرے دن کا پاتر اب رکھا گیا۔ مگر منورما بولیں، "کمیونسٹ پارٹی کی ماہوار کمیٹی کل ہو گی۔ ہم تم کو بھی ممبر کرنا چاہتے ہیں اس کے بعد چلو تو ہم بھی لکھنؤ جائیں گے۔ تمہارے گھر رائے بریلی تک ریل پر بھی ساتھ رہے گا۔" میرا تو ذکر ہی کیا مگر منورما کی وجہ سے صحبتیں کچھ ایسی دلچسپ ہوگئی تھیں کہ خلاف امید میری بی بی بھی ایک دن اور ٹھہرنے پر راضی ہو گئیں۔ عموماً ان جلسوں میں ایک ہم ہی مسن ہوتے تھے ورنہ عورت مرد سب وہی تھے جن میں امنگ، جوانی تہیہ، ارادہ، ہمت، آئندہ کی امیدیں موجود۔ مختصر گزشتہ قریب قریب مفقود۔ ان صحبتوں میں ہر فرد پڑھا لکھا۔ زیادہ تر دو ہی قسم کی باتیں ہوتی تھیں یا قربانی، خدمت، کارل مارکس کے اصول کی بے دھڑک پابندی، ہتھیلی پر جان لے کر کام کرنے یا کھلے ڈلے جنسی طلسمات دونوں قسموں میں جوش قدر مشترک۔

کیا کہنا جوانی کا اصول، اخلاق کی نئی دلآویز تفسیریں، جوانی کے خواب کی نئی تعبیریں، جنس کے دنیا ساز قیود ٹوٹے پڑے تھے۔ البتہ فطرت کی حفاظتیں مجبوراً برقرار تھیں۔ مساوات نے عورت مرد کا فرق کم کر دیا تھا۔ اگر کسی نے کسی لڑکی کے کاندھے پر ہاتھ رکھ دیا تو وہ جھجکی نہیں، اگر کوچ پر کوئی کسی سے بھڑ کر بیٹھا تو تعجب نہیں۔ تھوڑی بے تکلفی اور بڑھ گئی تو کمرے میں ہاتھ ڈال کر بیٹھ گئے۔ یہ باتیں دیکھ کر ہماری بی بی کی آنکھیں کھل گئیں۔

بیٹھے بیٹھے کچھ مزا ہم کو بھی اب آنے لگا
اب تو ہم بھی درد دل میں مبتلا ہونے لگے

ہم یہ تو کہہ ہیں سکتے کہ وہ بے جھجک اس میدان میں آ گئیں مگر شعور باطن ان کا بھی کمیونسٹ ہی ایسا معلوم ہوا۔ بجائے ان کے اب ہم گھر کی واپسی کے منصوبے باندھنے لگے۔ ہماری بیگم بھی کمیٹی میں شریک ہوئیں۔ ناواقف کاری کی وجہ سے زیادہ حصہ تو نہ لے سکیں۔ مگر بہت ذہانت اور دلچسپی سے جلسے کی کارروائی سنا کیں۔ گہرے مسائل تک تو شاید نہ پہنچتی ہوں مگر دبی زبان سے اتنا تو کہا کہ جب مرد ایک سے زیادہ شادی کرتے ہیں تو عورت بھی اپنا یہ حق کیوں نہ لے۔ ناظرین ہم نے واپسی کا ارادہ مصمم کر لیا۔ آج پہلے پہل شام ہم نے اپنی قیام گاہ ہی پر بسر کی اور رات وہی اپنے ستارے کی گردش کے اثر سے بیگم اور منورما کے منصوبوں میں گزاری۔

صبح کو ریل پر منورما کا آخری مرتبہ ساتھ ہوا۔ دریا کی سیر میں منورما نے کچھ تصویریں احباب کی اتاری تھیں وہ دکھائیں، ہم نے اپنے چہرے کی شکنیں دیکھ کر اللہ کا شکر بھیجا کہ آدمی خود اپنی صورت نہیں دیکھ سکتا۔ اسی کے ساتھ ہم نے یہ بھی محسوس کیا کہ باوجود چہرے پر الو کے ہمارے دل کی تصویر سے ایک تشفی سی بھی ہوئی۔ اسٹیچو ہو کہ تصویر ہو، اولاد ہو کہ تصنیف ہو جہاں اس فنا کے چیتھڑے کو کسی نہ کسی صورت سے کچھ دن اور بھی دنیا میں رہنے کی آس ہوئی، دل خوش ہی ہو جاتا ہے۔ لیجیے صاحب رائے بریلی کا اسٹیشن آ گیا۔ ہم ہاتھ ملا کر ریل گاڑی سے اترے، ہم نے اپنے دل میں کہا، "خوش درخشید ولے دولت مستعجل بود۔" اب یہ موہنی صورت پھر کاہے کو دیکھنے میں آئے گی۔

منورما: آپ اپنے لڑکے کو کچھ پیغام تو نہ دیجیے گا کیونکہ کل کمیونسٹ جلسے میں ان سے ملاقات ضرور ہو گی۔ وہ تو لکھنؤ کی کمیٹی کے سکریٹری ہیں نا؟

میں: جی اسے تو کچھ کہنا نہیں ہے۔ مگر آپ سے ایک درخواست ہے اگر ہو سکے تو ہمارے لڑکے ہی پر عاشق ہو جایئے گا۔

منورما: میں حتمی وعدہ تو نہیں کر سکتی مگر کوشش کروں گی۔ ختم اس مضمون کی تنقید خود مصنف کے قلم سے۔ڈاکٹر جانسن نے بادشاہ جارج سے کہا تھا کہ نئی باتیں آدمی صرف تین سال تک سیکھتا ہے۔ اس کے بعد اسی پرانے علم کی جانچ، رگڑ تگڑ ہوا کرتی ہے۔ چمک صفائی زیادہ ہو جاتی ہے لیکن چیز وہی رہتی ہے۔ برنارڈ شا نوے سال سے اوپر کے ہیں، ان کے عنفوان شباب کے ناول دیکھیے، جوانی کے ڈرامے دیکھیے، جو چمک، جو شفافی، دو آخری ڈراموں میں ہے اس پر عش عش کیجیے لیکن غور سے دیکھیے تو پتا چلتا ہے کہ وہی اگلے برس کی تیلیاں ہیں، خالی اوپر کی جگمگاہٹ، رونق اور ٹھاٹھ دلآویز ہے۔ نئی بات بڑھاپے میں کہاں جو کچھ ہے وہی غنیمت ہے۔

جب برنارڈ شا کا یہ حال ہو تو ہم کس کھیت کی مولی ہیں۔ لہٰذا امید ہے کہ تنقید کرنے میں بوڑھے کا دل رکھ لیجیے گا۔۔ بقول رسکن کے، "تصویر میں یہ نہ ڈھونڈھو کہ کیا نہیں ہے بلکہ جو کچھ ہو اس کی تعریف کرو۔" اس نظریے سے اگر دیکھا جائے تو مصنف کا نڈر انداز اور ریلزم قابل داد ہیں۔

پیری کے ولولے ہیں خزاں کی بہار ہے۔

***

۳

تیسری جنس

مدی کا اصل نام احمدی خانم تھا۔ تحصیلدار صاحب پیار سے مدی مدی کہتے تھے، وہی مشہور ہو گیا۔ مدی کا رنگ بنگال میں سو دو سو میں اور ہمارے صوبہ میں ہزار دو ہزار میں ایک تھا۔ جس طرح فیروزے کا رنگ مختلف روشنیوں میں بدلا کرتا ہے اسی طرح مدی کا رنگ تھا۔

تھی تو کھلتی ہوئی سانولی رنگت جس کو سبزہ کہتے ہیں۔ مگر مختلف رنگ کے دوپٹوں یا ساڑیوں کے ساتھ مختلف رنگ پیدا ہوتا تھا۔ کسی رنگ کے ساتھ دمک اٹھتا تھا کسی رنگ کے ساتھ ٹمٹماہٹ پیدا کرتا تھا۔ بعض اوقات جلد کی زردی میں سبزی ایسی جھلکتی تھی کہ دل چاہتا تھا کہ دیکھا ہی کرے۔ شمع کی روشنی میں مدی کی رنگت تو غضب ہی ڈھاتی تھی۔ کبھی آپ نے دوسرے درجے کی مدقوق کو دیکھا ہے۔ اگر بیماری سے قطع نظر کیجیے تو رنگت کی نزاکت ویسے ہی تھی۔ آنکھیں بڑی نہ تھیں مگر جب نگاہ نیچے سے اوپر کرتی تھی تو واہ واہ۔ معلوم ہوتا تھا مندر کا دروازہ کھل گیا، دیبی جی کے درشن ہو گئے۔ مسکراہٹ میں نہ شوخی نہ شرارت، نہ بنوٹ کی شرم نہ لبھاوٹ کی کوشش۔ لکڑی لوہے کے قلم کو کیسے موقلم کر دوں کہ آپ کے سامنے وہ

مسکراہٹ آجائے۔

بس یہ سمجھ لیجیے کہ خدا نے جیسی مسکراہٹ اس کے لیے تجویز کی تھی وہی تھی۔ مدی اپنی طرف سے اس میں کوئی اضافہ نہیں کرتی تھی۔ اس کے کسی انداز میں بنوٹ نہ تھی۔ ہاتھ پاؤں، قد، چہرے کے اعضا سب چھوٹے چھوٹے مگر واہ رے تناسب۔ آواز، ہنسی، چال ڈھال ہر چیز ویسی ہی۔ میں مدی سے بہت بے تکلف تھا مگر عشاق میں کبھی نہیں تھا۔ اور جہاں تک میں جانتا ہوں کوئی اور بھی نہیں سنا گیا۔ ایسی خوبصورت عورت بلا مرد کی حفاظت کے زندگی بسر کرے اور عشاق نہ ہوں، بڑے تعجب کی بات ہے۔ مگر واقعہ ہے۔ ایک روز میں نے کہا مدی اگر ہم جادوگر ہوتے تو جادو کے زور سے تم کو تتلی بنا کر ایک چھوٹی سی ڈبیا میں بند کر کے اپنی پگڑی میں رکھ لیتے۔ اس فن شریف سے واقف کار حضرات جانتے ہیں کہ جو حربہ میں نے استعمال کیا تھا وہ کم خالی جانے والا تھا۔ مگر اس کے بھی جواب میں وہی بے تکلف مسکراہٹ کی ڈھال جو تلوار کے منہ موڑ دے۔

اس سادگی پہ کون نہ مر جائے اے خدا
لڑتے ہیں اور ہاتھ میں تلوار بھی نہیں

اکثر خیال گزرتا ہے کہ یہ استغنا تحصیلدار مرحوم کی سفید داڑھی کے سایہ میں پرورش پانے کا اثر ہے۔ مگر پھر عقل کہتی تھی کہ جوش حیات نے نہ معلوم کتنی سفید داڑھیوں میں پھونکا ڈالا ہے۔ وہ سفید داڑھی قبر میں بھی پہنچ گئی۔ اس کا اثر کہاں سے آیا۔ بہر حال قصہ سنتے جائیے اور رفتہ رفتہ رائے قائم کرتے جائیے۔ مدی کے ہر انداز میں نسوانیت کوٹ کوٹ کر بھری تھی۔ ایک بات البتہ تھی جو گو

عورتوں میں بھی ہوتی ہے۔ مگر ہم ایسے بورژوالوگ اس کو مرد ہی سے منسوب کرتے ہیں۔ یعنی اپنے ہم طبقہ عورتوں میں اور اسی طبقے کے مردوں میں مدی حکومت خوب کرلیتی تھی۔ ہر شخص عورت ہو کہ مرد، ان کا تابع فرمان رہتا تھا۔ اور ان کے اشارے پر چلنے کو تیار۔

اب شروع سے قصہ سنیے۔ تحصیلدار صاحب کانام کیا کیجیے گا جان کر۔ مرحوم بڑے اچھے آدمی تھے مگر بے عیب خدا کی ذات۔ کچھ خاص خاص کمزوریاں کہی جاتی تھیں۔ پرانی وضع کے لوگ تھے۔ بڑی شان سے تحصیلداری کی۔ لاکھوں کمائے اور ہزاروں اڑائے۔ مگر اولاد نہ ہونے کی وجہ سے ان کی زندگی کچھ بے مرکز کی سی ہوگئی تھی۔ بی بی بہت دن ہوئے مرچکی تھیں۔ کوئی قریب کا عزیز بھی نہ تھا۔ صرف ایک نوکر تھا وہی سیہ سپید کا مالک تھا۔ تنخواہ اسی کے ہاتھ آتی تھی اور جب پنشن ہوئی تو پنشن کا بھی وہی حقدار ٹھہرا۔ میاں کے کپڑے اور کھانا بھی میاں حسن علی ہی پسند کرتے تھے۔ حسن علی کسی کام کو بازار گیے۔ دو تھان رادھا نگری ڈوریے کے لیے چلے آتے ہیں۔ میاں کے کرتے بنیں گے مگر میاں کو اس وقت خبر ہوئی جب درزی قطع کرنے لگا۔

"ارے میاں حسن علی یہ ڈوریہ کیسا لائے ہو؟"

حسن علی: "آپ کے کرتوں کے لیے۔ ڈوریہ وضعدار ہے۔ سلنے پر اور کھلے گا۔"

"کھلے گا تو مگر کرتے تو میرے پاس تھے۔ ابھی اس دن شربتی لے آئے۔ آج ڈوریہ لیے چلے آتے ہیں، آخر پوچھ تو لیا ہوتا۔"

"پوچھ کے کیا کرتا۔ آپ یہی تو کہتے کہ رہنے دو۔ گھر میں ایک چیز ہو گئی۔ برسات کا زمانہ ہے۔ دھوبی دیر میں آیا کرے گا۔ دو جوڑے فاضل اچھے ہوتے ہیں۔"

"خیر بھئی!"

تحصیلدار کھانے پر بیٹھے ہیں۔ "میاں حسن علی آج کل بازار میں مچھلی نہیں آتی۔"

"آتی تو ہے مگر گرمیوں کی وجہ سے میں نے نہیں منگوائی۔ اس فصل میں مچھلی نقصان کرتی ہے، صبح کو مرغ پک جائے گا۔" تحصیلدار صاحب پر حسن علی کی شخصیت ایسی غالب آئی تھی کہ جو بات وہ پسند کرتے تھے تحصیلدار سمجھتے تھے کہ گویا یہ بھی میرے دل میں ہے۔ اسی وجہ سے غیر ذمہ دار لوگ دونوں کا ذکر کر کے مسکراتے تھے۔ اور آپس میں آنکھیں مارتے تھے۔ میاں حسن علی کا استرے سے صفاچٹ چہرہ اور تحصیلدار صاحب کی بھبوڈاڑھی پر چہ میگوئیاں ہوتی تھیں۔ داڑھی مونچھوں کا صفایا صرف انگریزی داں حضرات کا حق ہے۔ اگر حسن علی ایسے اپنی چال چھوڑ کر ہنس کی چال چلیں گے تو اللہ ہی نے کہا ہے۔ لوگ کوئی نہ کوئی نی نکالیں گے۔ بہر حال اصلیت کی خبر خدا کو ہے۔ ہم تو جو کچھ دیکھتے تھے وہ یہ تھا کہ تحصیلدار کا ہمدرد دنیا جہان میں حسن علی کے علاوہ کوئی نہ تھا۔ حسن علی کو بھی اس سے اچھا آقا اگر چراغ لے کے ڈھونڈتے تو نہ ملتا۔

اللہ میاں نے دو جنسیں بنائی تھیں۔ عورت اور مرد۔ یورپ کے ڈاکٹروں نے تحقیقات کر کے ایک اور جنس ایجاد کی ہے جو اپنے ہی جنس کی طرف راغب ہو۔ اس

جنس میں عورتیں بھی شامل ہیں اور مرد بھی۔ اب نہ معلوم تحصیلدار اور حسن علی اس تیسری جنس میں سے تھے یا ویسے ہی تھے جیسے ہم آپ یا بعد کو کچھ اَدل بدل ہوئی۔ اس کو نہ ہم جانتے ہیں نہ جاننے کی کوشش کرتے ہیں۔ وہ جانیں اور ان کا کام۔ ظاہر بظاہر ان دونوں کے افعال سے دوسروں کی سماجی زندگی میں کوئی فرق نہیں پڑتا تھا۔ اس لیے ہم کو کھوج کی کوئی ضرورت بھی نہیں معلوم ہوتی۔ تحصیلدار صاحب بھاری بھر کم آدمی تھے۔ اولاد نہ ہونے کا دکھڑا کیا روتے مگر اولاد کی تمنا اس بات سے ظاہر ہوتی تھی کہ جب کھانا کھاتے تو حسن علی کی لڑکی احمدی کو بلوا بھیجتے تھے کہ دستر خوان پر بیٹھ جائے۔ اسی وجہ سے کھانا تنہائی میں کھانے لگے تھے۔ نوکر کی لڑکی کو دستر خوان پر کھلائے کچھ اچھا نہیں لگتا تھا۔ اس کے علاوہ اگر سب کے سامنے کھلاتے تو صاحب اولاد نہ ہونے کا رنج اور بچوں کی تمنا لوگوں پر کھل جاتی۔

بی احمدی خانم عرف مدی بیگم کا سن چار برس کا رہا ہو گا۔ دستر خوان پر شوربا گرانا، لقمہ ڈبونے میں دال کا پورا پیالہ گھنگول دینا، بچوں کا شیوہ ہے۔ اور نفیس لوگ اسی وجہ سے بچوں کو الگ کھلاتے ہیں۔ گو کہتے یہی ہیں کہ جوانوں والا کھانا بچوں کو نقصان کرتا ہے۔ مگر تحصیلدار صاحب کو اس میں لطف آتا تھا۔ ادھر دستر خوان پر بیٹھے اور ادھر بی مدی کی طلب ہوئی۔ رفتہ رفتہ مدی خود وقت پہچان گئیں۔ تھوڑے دنوں میں مدی تحصیلدار صاحب ہی کے یہاں رہنے لگیں۔ یا تو گھر میں ایک طرف یہ، ایک طرف چھوٹا بھیا اور بیچ میں حسن علی کی بی بی تھیں یا ان کی پلنگڑی الگ بنی۔ صاف چادر لگائی گئی۔ چھوٹے چھوٹے تکیے بنوائے گیے۔ تحصیلدار صاحب کے پاس

ان کی بھی پلنگڑی بچھنے لگی۔ جوتی پہنے رہنے کی تقید ہوئی کہ بچھونا میلا نہ ہو۔

لڑکی تھی پیدائشی سلیقہ مند۔ ایک بار سے دوسری بار بتانے کی ضرورت نہیں ہوتی تھی۔ پانچ چھ ہی برس کے سن میں ایسا سلیقہ آگیا کہ آدھی بی بی معلوم ہوتی تھیں۔ تحصیلدار صاحب کے پان خود بناتی تھی۔ دس گیارہ برس کے سن میں جنس تلوانا، کھانا پکوانا سب کچھ مدی کے ہاتھ ہو گیا تھا۔ دن جاتے کچھ دیر نہیں لگتی۔ چودھویں برس بی مدی کا شباب دمک اٹھا۔ دیکھنے والوں کا دل چاہتا کہ دیکھا ہی کریں۔ مدی بھی جب بال بنانے کھڑی ہوتی تھیں تو آئینہ کے ساتھ خود بھی متحیر رہ جاتی تھیں۔ اب ماں کو شادی کی فکر ہوئی۔ تحصیلدار صاحب سے کہا گیا۔ انھوں نے کہا کیا جلدی ہے ہو جائے گی۔ مگر لڑکی حسن علی کے بھتیجے کو بچپن ہی سے مانگی تھی۔ ادھر سے بھی اصرار ہوا کہ جوان لڑکی کا امیروں کے گھر میں رہنا اچھا نہیں۔ لیجیے صاحب شادی ہو گئی۔ تحصیلدار صاحب نے خود تو اپنے گھر سے شادی نہیں کی مگر جہیز وغیرہ خوب سا دیا۔

چوتھی چالے کے بعد پھر وہی تحصیلدار صاحب کے یہاں کا رہنا۔ مدی کے دولہا بھی تحصیلدار ہی صاحب کے یہاں آتے تھے۔ مدی سسرال کم جاتی تھیں۔ گئیں بھی تو کھڑی سواری۔ بہت رہیں تو ایک رات نہیں تو اسی دن واپس آگئیں۔ سسرال والے جاہل، شوہر بھی الف کے نام لٹھا نہیں جانتے۔ گو مدی بھی بغدادی قاعدہ اور عم کے سیپارے کے آگے نہیں پڑھی تھیں، مگر پھر بھی پڑھے لکھے ہوئے کی پالی ہوئی تھیں۔ عمر بھر امیری کارخانہ دیکھا تھا۔ مدی کا دل سسرال میں کم لگتا تھا۔ کم سنی میں بیاہ کا تجربہ کچھ اچنبھے میں ڈالے تھا۔ شادی کے بعد اگر عورت پر

کنوار پنے کی آب نہیں رہ جاتی تو سہاگ کی رونق چہرہ چمکا دیتی ہے۔ مگر احمدی کے چہرہ پر نہ اسی بات کا پتہ چلتا تھا نہ اسی کا۔ میاں بی بی کے برتاؤ کا حال دو چار دن میں کیا کھلتا۔ مگر کسی خاص خوشی یا اطمینان کا انداز اس میں بھی نہیں دکھائی دیتا تھا۔ کچھ ہی دنوں میں یہ بھی نہ رہ گیا اور کھلم کھلا ناخوشی کے آثار ظاہر ہونے لگے۔

شوہر صاحب بھی کچھ دبے دبے سے تھے۔ تحصیلدار صاحب کے یہاں اگر وہ بھی اپنی شوہریت کا برتر درجہ برت نہیں سکتے تھے۔ خود اپنی ہیچ مرزی اور بی بی کی بلندی ان کی نظر میں کھٹکتی تھی۔ ضرورتیں مجبور کرتی تھیں۔ نئ نئ بی بی۔ کچھ روپیہ پیسہ بھی ہاتھ آجاتا تھا۔ اس لیے چپ تھے۔ ایک دن ایسا اتفاق ہوا کہ مدی جو سو کر اٹھیں تو ایک چھڑا غائب۔ بستر پر ادھر ادھر دیکھا، دلائی جھاڑی، پائینتی جھک کے دیکھا، گھر میں ادھر ادھر تلاش کیا مگر کہیں نہ ملا۔ نہ معلوم کیا سمجھ کر چپ ہو گئیں۔ دوپہر کے قریب ماں سے ذکر کیا۔ ماں نے شور مچا دیا۔ تحصیلدار صاحب تک خبر ہوئی۔ انھوں نے سنتے ہی کہہ دیا کہ یہ حرکت سوائے مدی کے دولہا کے اور کسی کی نہیں ہو سکتی۔ یہ بھی کہا کہ اس کے جوا کھیلنے کی خبر بھی مجھ تک پہنچ چکی ہے۔ لیجیے صاحب شوہر بھی روٹھ گیے۔ دو چار دن کے بعد رخصتی کا اصرار ہوا۔ مگر چھڑے والی بات پکڑ کر مدی کے ماں باپ نے انکار کر دیا۔ ایک روز مدی کے شوہر نے حسن علی کے گھر آکر بہت سخت سست سنایا۔ اور غصہ میں یہ بھی کہا کہ حرام زادی کو جھونٹے پکڑ کر گھسیٹتا نہ لے جاؤں تب ہی کہنا۔ اس وقت تک مدی نے کسی کی جنبہ داری نہیں کی تھی۔ لیکن اب وہ بھی فرنٹ ہو گئی۔ اور ایسی فرنٹ ہوئی کہ مرتے دم تک پھر منہ نہ دیکھا۔ حسن علی نے بھی خیال کیا۔ داماد ممکن ہے کچھ شہدہ

پن ہی کر بیٹھے اس لیے مدی کا پورے طور سے تحصیلدار ہی صاحب کے یہاں رہنا اچھا ہے۔ شوہر صاحب ہمیشہ کے لیے معطل کر دیے گیے۔

جب سے مدی کی شادی ہوگئی تھی، تحصیلدار صاحب کچھ چپ سے رہتے تھے۔ اس واقعہ کے بعد وہ بھی بحال ہوگیے۔ مدی کے شوہر نے اپنی سفاہت سے یہ بھی کہا کہ تحصیلدار صاحب نے اس سے آشنائی کر رکھی ہے۔ مگر اس کو کون باور کرتا۔ حسن علی والی بات پر تو لوگ ہنسی مذاق بھی کرتے تھے۔ مگر اس بات کو کسی نے جھوٹوں بھی یقین نہ کیا۔ البتہ تحصیلدار صاحب تجربہ کار آدمی تھے۔ انھوں نے موت زندگی کا خیال کر کے مدی کے لیے علیحدہ گھر اور کچھ بودگی کا انتظام کرنا شروع کیا۔ اس واقعہ کے دوسرے ہی سال کے اندر تحصیلدار صاحب کا انتقال ہوگیا۔ تحصیلدار صاحب مرحوم کے یا تو کوئی نہیں تھا یا یکبارگی نہ معلوم کتنی وارث پیدا ہوگیے اور آپس میں مقدمہ بازی شروع ہوگئی۔

بی مدی نے بھاری پتھر چوم کے چھوڑا۔ اٹھ کر اپنے گھر چلی آئیں۔ تخت، چارپائیوں، الماریوں پر نہ ان کا حق تھا نہ انھوں نے دعویٰ کیا۔ نقد جو کچھ تحصیلدار صاحب ان کو دے گیے ہوں وہ کون لے سکتا تھا۔ ہاتھ ناک گلے میں جو کچھ تھا وہ ان کا تھا ہی۔ مدی نے حسن علی کی صلاح سے یہ طریق اختیار کیا کہ اپنے طبقے سے اونچی ہو کر رہنا پسند نہ کیا بلکہ جس حیثیت کے لوگ ان کے ماں باپ تھے اسی برادری میں رہیں۔ البتہ روپیہ پیسہ اور سلیقہ ہونے کی وجہ سے اپنے طبقے میں یوں رہیں جیسے مالی کی ڈالی میں سب پھولوں میں گلاب کا پھول ہوتا ہے۔

تحصیلدار صاحب کے سال ہی بھر بعد طاعون بڑے زوروں کا پڑا۔ اس میں

میاں حسن علی اور ان کی بی بی بھی چل بسیں۔ اب صرف بی مدی اور ان کا چھوٹا بھائی رہ گیے۔ اس وقت تک مدی نے جو کچھ اچھا برا کیا ہوگا اس کی ذمہ داری صرف ان کے اوپر نہ تھی کیونکہ ہر معاملہ میں تحصیلدار مرحوم اور اس سے کم درجے تک ان کے باپ کی رائے شامل رہتی تھی۔ اس کے بعد جو کچھ پیش آیا وہ البتہ ان کے دل و دماغ کا نتیجہ تھا۔ مدی کا برتاؤ ہر شخص سے عمدہ تھا۔ کوئی شاکی نہ تھا بلکہ اڑوس پڑوس کی عورتیں ہر وقت ان کی گھر میں موجود رہتی تھیں۔ ان سے بھی جو ہو سکتا تھا آنے جانے والیوں کے ساتھ سلوک کرتی تھیں۔ گھر میں کپڑا سینے کی مشین تھی۔ دن بھر لوگوں کے کپڑے مفت سیا کرتی تھیں۔ کسی کو اگر روپے دو روپے کی ضرورت ہوتی تو وہ بھی قرض کے نام سے دے دیے۔ جس کسی کا کہیں ٹھکانہ نہ لگے وہ بی مدی کے یہاں چلا آئے۔ روٹی اپنی پکائے، دال بی مدی کی ہانڈی سے لے لے۔ پان پتا بھی بی مدی کے پاندان سے کھائے۔

اسی زمانہ میں ایک عورت نہ معلوم کہاں کی باہر سے آئی۔ اس کو بھی بی مدی نے رکھ لیا، عورت سلیقہ مند تھی۔ اپنا بار بھی ان پر نہیں ڈالتی تھی۔ بلکہ پیسے دو پیسے کا سلوک خود ہی کر دیتی تھی۔ کچھ انگوٹھیاں، کچھ کیلیں، لیس، صابون وغیرہ بیچتی تھیں۔ صبح ہوئی اور برقع اوڑھ کر نکل گئیں۔ دوپہر کو آئیں۔ کھانا کھایا، آرام کیا۔ اس کے بعد پھر نکل گئیں۔ شام کو لوٹیں۔ یہ مسماۃ آئی تھیں تو یہ کہہ کر کہ دو چار دن میں سودا کر کے دوسری جگہ چلی جائیں گی، مگر مدی سے کچھ ایسی پر گت ملی کہ گھر کی طرح رہنے لگیں۔ محبت و یگانگی کی وہ پینگیں بڑھیں کہ سگی بہنیں مات تھیں۔ صورت شکل کی تو معمولی تھیں مگر قد کشیدہ تھا۔ جب برقع اوڑھ کر راستہ چلتی تھی تو

معلوم ہوتا تھا کہ مرد بھیس بدلے ہوئے چلا آتا ہے۔ چال ڈھال قد کے علاوہ بھی کچھ اور باتیں مردوں کی ایسی تھیں۔ مثلاً ہاتھ پاؤں کے دیکھتے سینہ کم تھا۔ کمر، کولھے، پاؤں کی چوڑی چوڑی ایڑیاں بھی عورتوں کی ایسی نہ تھیں۔

تھوڑے ہی دنوں میں یہ ہو گیا کہ دن کو تو ویسا ہی مجمع رہتا تھا مگر رات کو دوسری عورتیں کم رہنے لگیں۔ جب منہ نہیں پایا تو پرائے گھر میں کیسے ٹھہرتیں۔ پہلے تو عورتوں میں سرگوشیاں ہوئیں پھر محلے میں ہر شخص اسی کا ذکر کرنے لگا۔ مگر مدی اور اس عورت نے بجائے تردید کرنے کے ایک آزادانہ بے پروائی کا انداز اختیار کرلیا۔ اس عورت نے کہا ہم لوگ کسی کی بہو بیٹی ہیں یا پھر سے نکاح کرنا ہے جو ہر شخص کے آگے قسمیں کھاتے قرآن اٹھاتے پھریں۔ دنیا اپنی راہ ہم اپنی راہ۔ مدی نے کہا اگر ہمارے کوئی والی وارث ہوتا تو کسی کی مجال پڑی تھی کہ ایسی بات کہتا۔ زمانہ گزرتا گیا اور لوگوں کا شک یقین سے بدلتا گیا۔ قاعدہ ہے کہ پنچ برادری سے اگر دب جاؤ تو وہ اور دباتے ہیں۔ اگر مقابلہ پر تیار ہو جاؤ تو لوگ اپنی نیکی کی وجہ سے اکثر معاف بھی کر دیتے ہیں۔ یہی حال ان دونوں کا ہوا کہ نہ کسی نے پھر پوچھ گچھ کی نہ انھوں نے انکار کی زحمت اٹھائی۔

لکھنے والے کو اغلام مساحقے کے ذکر میں کوئی مزا نہیں آتا۔ مگر اسی کے ساتھ ان چیزوں کا ذکر کرنے سے ڈرتا بھی نہیں۔ اگر یہ چیزیں دنیا میں ہوتی ہیں تو چپ رہنے سے ان میں اصلاح نہ ہوگی۔ نہ یہ طے ہو سکے گا کہ کہاں تک یہ چیزیں فطری ہیں۔ اور کہاں تک اسباب زمانہ سے پیش آتی ہیں۔ کسی جولاہے کے پاؤں میں تیر لگا تھا۔ خون بہتا جاتا تھا۔ مگر دعائیں مانگ رہا تھا کہ اللہ کرے جھوٹ ہو۔

ہمارے قصے کے لوگ دراصل ہیولاک ایلس اور فرائڈ نہیں پڑھے ہیں۔ اس وجہ سے مجبوراً ہمیں ان مسائل پر بحث کرنا پڑی۔ ڈاکٹروں کا خیال ہے کہ ہر عورت میں کچھ جزو مرد کا ہوتا ہے اور ہر مرد میں کچھ جزو عورت کا۔ جو جزو غالب ہوتا ہے اسی طرح کے خیالات اور افعال ہوتے ہیں۔ مردانہ قسم کی عورتیں اور زنانہ قسم کے مرد ہر جگہ دکھائی دیتے ہیں۔ ممکن ہے بعض ان میں ایسے ہوں جن کو فطرتاً اپنے ہی جنس سے تعلقات اچھی معلوم ہوتے ہوں۔ مگر اس میں بھی کلام نہیں کہ اسباب زمانہ سے بھی لوگ اس راہ لگ جاتے ہیں۔ بجائے اصلاح کی کوشش کے ہر معاملے میں یہی رائے قائم کرنا کہ یہ قدرتی تقاضہ سے ہے اور اسی لیے اصلاح کی ضرورت نہیں، ہماری سمجھ میں نہیں آتا۔ البتہ ایسے فعل کی جس میں سماج کا کوئی نقصان نہ ہوتا ہو تو قانونی سزا ہونی چاہیے یا نہیں یہ دوسرا مسئلہ ہے۔

اچھا اب قصہ سنیے۔ مدی اور اس عورت سے دو سال دوستی رہی۔ اس کے بعد لڑائی ہوگئی۔ کس بات پر بگاڑ ہوگیا یہ کسی کو معلوم نہیں۔ وہ جس راہ آئی تھی اسی راہ چلی گئی۔ بی مدی اجڑی بجڑی رنڈاپا کھیلنے لگیں۔ جوئندہ یابندہ، تھوڑے دنوں کے بعد ایک اور ہم جنس مل گئیں۔ اس کے بعد اور بھی ملاکیں مگر

نہ بیوفائی کا ڈر تھا نہ غم جدائی کا
مزا میں کیا کہوں آغاز آشنائی کا

وہ پہلی سی بات پھر نہ نصیب ہوئی۔ اب روپیہ بھی کم رہ گیا تھا۔ اس لیے آمدنی بڑھانے کی بھی فکر ہوئی۔ بی مدی نے تحصیلدار کے اعزا کے آگے ہاتھ بڑھایا نہ پھر سے شادی کی ہوس کی۔ بلکہ خود کام کرنے پر تیار ہوگئیں۔ پراٹھے کباب بنانا شروع

کیے، جاڑوں کی فصل میں انڈے اور گاجر کا حلوا بنانے لگیں۔ کچھ عورتوں کی ضرورت کا بساط خانہ بھی منگوالیا۔ چکن کروشیا کا بھی ڈھچر ڈالا۔ بیچنے والوں کی کمی نہ تھی۔ ارد گرد کی لڑکیاں اور عورتیں سودا بیچ لاتی تھیں۔ اور حق المحنت سے زیادہ حصہ پاتی تھیں۔ بی مدی کو سوداگری کا سب سے بڑا گر نہیں یاد تھا۔ یعنی جو آدمی بہت سے کام ساتھ ہی کرتا ہے وہ کوئی کام نہیں کر سکتا۔ نتیجہ یہ ہوا کہ خرچ آمدنی سے زیادہ ہی رہا۔ یہاں تک کہ مکان بھی گروی رکھنا پڑا۔

روپیہ کے جانے کے بعد توقیر میں بھی فرق آجاتا ہے۔ مگر اس کی شائستگی، رکھ رکھاؤ ایسا تھا کہ پھر بھی لوگوں کی نظر میں ہلکی نہ ہوئی۔ کپڑے اب بھی سلیقے کے پہنتی تھی۔ گاڑھا پردہ کبھی نہیں تھا۔ آج بھی سڑک پر ماری ماری نہیں پھرتی تھی۔ تنخواہ والے نوکر کبھی نہیں تھے۔ آج بھی کام کاج کرنے والے آسانی سے مل جاتے تھے۔ مگر اقبال مندی میں گھن بہت دنوں سے لگ چکا تھا۔ اس لیے چہرے کی آب رخصت ہو چکی تھی۔ زمانہ بدل جانے سے مزاج میں بھی فرق آگیا تھا۔ ایک دن ان کے گھر میں کئی عورتیں جمع تھیں۔ کسی نے کہا بن مرد کی عورت کس گنتی شمار میں ہے۔ بی مدی بول اٹھیں۔ "سچ کہتی ہو بہن۔" ایسی بات ان کے منہ سے کبھی نہیں سنی گئی تھی۔ یہ سن کر بعض نے دوسروں کو اشارہ کیا۔ بعض نے اتفاق کیا۔ دو ایک ایسی بھی تھیں جو مدی کا منھ تعجب سے دیکھنے لگیں۔ یہ وہ تھیں جنھوں نے مدی کے منہ سے مرد کا نام بلا ناک بھوں چڑھائے عمر میں نہیں سنا تھا۔

زمانہ گزرتا گیا مگر بی مدی کے دن نہ پھرنا تھے نہ پھرے۔ کچھ دنوں کے بعد ایک شاہ صاحب آئے۔ بہت مرجع خلائق تھے۔ عقیدت مندوں کا ہجوم ہر وقت لگا

رہتا تھا۔ بی مدی بھی دو تین بار کباب پراٹھے کی نذر نیاز پیش کر چکی تھیں۔ اتنے میں خبر اڑی کہ شاہ صاحب حج کو جائیں گے۔ ہمیشہ مرغ پلاؤ توکل پر کھایا کیے۔ اب حج بھی توکل پر کریں گے۔ جس دن شاہ صاحب چلے لوگوں نے دیکھا مدی بھی دامن سے لگی چلی جارہی ہیں اور لوگوں سے کہا سنا معاف کرا رہی ہیں۔ جو کچھ بچی بچائی پونجی تھی وہ بیچ کر نقد کرلیا۔ باقی کے لیے شاہ صاحب کی ذات اور توکل کا توشہ کافی ٹھہرا۔ حج سے واپسی پر وطن نہیں آئیں بلکہ شاہ صاحب ہی کے قدموں سے لگی رہیں۔ شاہ صاحب اپنے وقت کے بلعم باعور تھے۔ جی چاہے الگنی پر ڈال دیجیے۔ چاہے چادر کی طرح کاندھے پر لٹکا لیجیے۔ مدی میں جوانی کی کنی گلنے میں اب بھی دیر تھی۔ مگر شاہ صاحب کو دیکھ کر خواب میں بھی آشنائی کا خیال نہیں ہوتا تھا۔ لیکن اگر غور کیجیے تو پیر بھی ایک طرح کا شوہر ہی ہوتا ہے جس پر مرید اسی طرح تکیہ کرتا ہے جیسے عورت مرد پر۔

***

۴

روزہ خور کی سزا

لوگ کہتے ہیں کہ ہر بڑی چیز کی یہ خاصیت ہوتی ہے کہ اصلیت کو ظاہر کر دیتی ہے۔ دولت کے لیے شاعر کہتا ہے،

بادہ نوشیدن وہشیار نشستن سہل است
گر بہ دولت برسی مست نہ گردی مردی

شراب کے لیے یہی کہا جاسکتا ہے کہ آدمی کی شرافت اور کمینہ پن کو آئینہ کر دیتی ہے۔ حج اور دوسری بڑی عبادتوں کے لیے کچھ ایسی ہی باتیں مشہور ہیں۔ اکثر جاہلوں کو کہتے سنا ہے کہ ایمان حجر اسود میں چمٹ کر وہیں رہ گیا۔ اسی قبیل کی ایک کہانی مجھ کو بھی یاد آگئی، سن لیجیے مگر اس کے پہلے عرض یہ ہے کہ دو تین معترضہ جملے بھی ہیں۔ کنایہ میں جو لطف ہے وہ تصریح میں کہاں۔ مگر ڈر لگتا ہے کہ اگر بیان کرتے نہ بنا تو قصہ گپ چپ کا لڈو ہو کر رہ جائے گا۔ برنارڈ شا اسی وجہ سے پچاس صفحے کے ڈرامے کے پہلے دو سو صفحے کا دیباچہ لکھتے ہیں، چھوٹے سارے بالے میاں بڑی ساری پونچھ۔ حضرات ہم کوئی دعویٰ اس قسم کا نہیں کرسکتے۔ ایک چھوٹی سی تمہید لکھنے کے بعد اطمینان سا ہو جاتا ہے کہ اب باوجود ہماری کج بیانی کے لوگ

بات کی تہہ تک پہنچ ہی جائیں گے۔

شیخ جی سے نہ مجھ سے ہم مذاقی تھی نہ ہم سنی، مگر میرے ان کے مراسم تھے۔ اس کی وجہ یہ ہوئی تھی کہ میں ایک دوست کے یہاں بیٹھا ہوا کچھ قلمی کتابوں کا ذکر کر رہا تھا کہ شیخ جی آگیے اور ہم لوگوں کی باتیں سن کر کہنے لگے۔ میرے پاس کچھ قلمی تصویریں ہیں۔ مجھ کو تعجب ہوا کہ شیخ جی ہڈیوں کا روزگار کرتے ہیں۔ ایسے پڑھے لکھے بھی نہیں ہیں، ان کے یہاں قلمی کتابیں کہاں سے آئیں مگر انھوں نے کہا کہ اگر ابھی چلیے تو دکھادوں۔ میں اٹھا چلا گیا، انھوں نے پانچ چھ کتابیں دکھلائیں۔ ایک عملیات کی کتاب، ایک زہر عشق، ایک رقعات عالم گیری جو پچیس تیس برس ادھر کے لکھے ہوئے معلوم ہوتے تھے۔ چند پرانے اوراق قصے کے، خط معمولی تھا اور کاغذ بھی ایسا ہی ویسا تھا۔ معلوم ہوتا تھا کہ کسی نے اپنے لیے زہر عشق تو اس وجہ سے نقل کی ہوگی کہ اس کا چھپنا ممنوع تھا اور رقعات عالم گیری وغیرہ پیسے بچانے کو یا مشق کرنے کو نقل کی ہوگی البتہ دو اور کتابیں تھیں۔ ایک منطق الطیر اور ایک کلیات سعدی، یہ دونوں ولایت کے خط کی تھیں اور بعد کو کوئی سو برس کی مستند ثابت ہوئیں۔ یہ دونوں نسخے دیکھ کر میری آنکھیں کھل گئیں۔

میں نے کہا شیخ جی یہ آپ نے کہاں سے پائے۔ معلوم ہوا کہ کوئی عزیز ان کے کہیں مولوی گیری پر نوکر تھے۔ اور آخر عمر میں شیخ جی کے یہاں آکر رہے تھے اور یہیں انتقال بھی ہوا۔ ان کے مختصر اثاثے میں یہ کتابیں بھی نکلی تھیں۔ میں نے چاہا کہ شیخ جی مجھ سے ان دونوں کتابوں کے دام لے لیں مگر وہ کسی طرح راضی نہ ہوئے۔ میں نے یہ بھی بتایا کہ یہ کمیاب اور قیمتی کتابیں ہیں اور بھلے چنگے دام ملیں

گے۔ مگر شیخ جی نے باوجود کاروباری آدمی ہونے کے اس کو کسی طرح منظور نہیں کیا، اس کی دو وجہیں تھیں ایک تو یہ کہ شیخ جی دوسرے مذاق کے آدمی تھے جس میں کتابوں کا نہ ذکر تھا نہ قدر۔ دوسرے ان کی ایک غرض مجھ سے اٹکی تھی اور اسی وجہ سے میں چاہتا تھا کہ وہ دام لے لیں مگر انھوں نے نہ مانا اور کہنے لگے کہ اگر میں نے ان کتابوں کو نہ لیا تو ان کو شکایت ہو گی۔ گو میں ان کا احسان نہیں لینا چاہتا تھا مگر ان نسخوں کو دیکھ کر منھ میں پانی بھر آیا اور میری خو غرضی نے غریب دور اندیشی کو چپ ہی کر دیا۔

اس کے بعد شیخ صاحب ہمارے یہاں زیادہ آنے لگے۔ رفتہ رفتہ مراسم گہرے ہو گیے۔ ہمارے بے تکلف ہم مذاق احباب میں ایک صاحب کچھ خدائی فوجدار قسم کے تھے جن کو یہ بے جوڑ دوستی ایک آنکھ نہ بھاتی تھی اور شیخ جی اور ان کا سامنا اگر ہو جاتا تھا تو منٹ دو منٹ کے بعد کوئی نہ کوئی بہانا کر کے وہ اٹھ جاتے تھے۔ اکثر مجھ سے کہا بھی کہ شیخ جی اور تمہاری دوستی کے دو ہی معنی ہو سکتے ہیں۔ یا تو تم ہڈی کا روزگار کرنا چاہتے ہو یا شیخ جی عنقریب شعر کہنا شروع کر دیں گے۔ شیخ جی سے مراسم کی بنا پر ان کے ایک قرض دار میرے پاس آئے اور کہنے لگے کہ ایک جزو جائداد میری شیخ جی کے پاس رہن باقبضہ ہے جس کو شرائط دستاویز کی بنا پر میں آٹھ نو برس نہیں چھڑا سکتا۔ اگر آپ اپنے دوست سے سفارش کر دیں تو میرا کام بن جائے۔

میں: حضرت، معاملات میں مجھ کو نہ ڈالیے۔ میرے اور شیخ جی کے نازک مراسم اس بار کو شاید نہ برداشت کر سکیں اور شاید روپیہ بھی آپ سے فراہم نہ

ہو سکے۔

وہ صاحب: روپیہ میں کہاں پاتا، مگر اس وقت ایک شخص اس جائداد کو بیع لینے پر تیار ہو گیا ہے۔ اگر یہ معاملہ ہو جائے تو شیخ جی کا قرضہ نکالنے کے بعد مجھ کو سو دو سو روپیہ بچ جائیں گے۔

ان صاحب کی مفلوک الحالی اور شریف تباہی پر مجھ کو تاسف آیا اور میں نے کہنے کا وعدہ کر لیا مگر اس سے زیادہ امید نہیں دلائی۔ دوسرے دن شیخ جی سے ملاقات ہوئی۔

میں: شیخ جی آپ کے فلاں عزیز اور راہن کہتے تھے کہ اگر آپ ان کو مرہونہ جائداد بیع کرنے کی اجازت دے دیں تو آپ کا قرضہ ادا کرنے کے بعد ان کو سو دو سو روپیہ بچ جائیں گے۔

شیخ جی: اس جائداد میں اتنی گنجائش کہاں ہے۔ میں نے جو روپیہ ان کو دیا ہے، وہی اس کے دام سے زیادہ ہے اور اس کو کون مول لے گا۔

میں: میں نے صرف اس وجہ سے عرض کر دیا کہ میں نے راہن صاحب سے وعدہ کیا تھا، ورنہ میں نہ آپ کے نقصان کا ساتھی ہوں نہ راہن صاحب سے مجھ سے اس قدر مراسم ہیں کہ آپ ایسے عنایت فرماؤں پر زور ڈالنے کی جرات کروں۔

شیخ صاحب: جی نہیں۔ آپ کا فرمانا ایسا نہیں ہے کہ میں خیال نہ کروں۔ آپ ان سے کہہ دیجیے کہ اگر میرا روپیہ وصول ہو جائے تو مجھ کو کوئی عذر نہیں۔

میں: دیکھیے شیخ صاحب میں پھر عرض کرتا ہوں کہ اگر مجھ کو کسی سے واسطہ ہے تو آپ سے۔ ان صاحب سے تو صرف شناسائی ہے۔ آپ میرے خیال سے ایسا

ہر گز نہ کیجیے گا۔ میں آپ کے نقصان کا ساتھی کیسے ہو سکتا ہوں۔ اس معاملہ میں میری حیثیت ایک پیغام پہنچانے والے سے زیادہ نہیں ہے۔

شیخ جی: جی نہیں، انھوں نے کچھ تو سمجھ کر آپ سے کہلایا ہے۔ آپ ان سے کہہ دیجیے کہ میں جائداد چھوڑنے کے لیے ہر وقت تیار ہوں۔ یہ خوشخبری میں نے راہن صاحب کو دے دی۔

رمضان شریف کا مہینہ، نچوڑ کا وقت تھا کہ راہن صاحب نازل ہو گیے۔ شیخ صاحب کو آدمی گیا کہ ذرا تکلیف کیجیے۔ وہ بھی تشریف لائے میرے پڑھنے والے اس میٹھی پھیکی کہانی پر مجھ سے خفا نہ ہو جیۓ، آپ کی خدمت میں حاضر ہونے کو دل بے تاب تھا۔

تقریب کچھ تو بہر ملاقات چاہیے

اگر کوئی رنگین کہانی دماغ میں نہ تھی تو کیا کرتا۔

"گندام اگر بہم نہ رسد بھس غنیمت است"

شیخ جی یعنی مرتہن صاحب اور خریدار صاحب دونوں روزے سے تھے اور ایک دوسرے کو یوں دیکھتے تھے جیسے اپنے مقابل ہی سے روزہ افطار کرنے کا ارادہ ہے۔ خالی موقع اور وقت کا انتظار ہے۔ شیخ جی کے انداز پر میرا ماتھا پہلے ہی ٹھنکا تھا کہ یہ اتنے سہل میں راضی ہو گیے ہیں، اس کے معنی کیا ہیں۔ بے چارے نے پیسہ پیسہ جوڑ کر اپنی حیثیت بنائی ہے اگر یہ اسی طرح کی دریادلی سے کام لیا کرتے تو آج یہ اطمینان کہاں سے نصیب ہوتا، ہو نہ ہو یہ مجھ کو زیر بار احسان کیا چاہتے ہیں۔ اور پھر خیال آتا تھا کہ تم کون اتنے بڑے آدمی ہو کہ جس کے ذریعے سے ان کا ہزار پانچ سو

کا فائدہ ہونے والا ہے۔ دو بدو گفتگو میں سچائی کی ایک کھنک ہوتی ہے جیسے کھرے روپیہ میں۔ ان کی گفتگو دل کی کسوٹی پر پرکھتا تھا، اور رہ جاتا تھا۔ راہن صاحب کی پریشان حالی بھی ایک طرف دل میں جگہ کر چکی تھی۔ اس وجہ سے قوت متصرفہ بھی کچھ کمزور سی پڑ گئی تھی۔ اسی پس و پیش میں تھا کہ مرتہن صاحب بھی آ گیے اور ان کو یہ خوشخبری دینا ہی پڑی۔

مرتہن صاحب: آپ ہی خریدیں گے۔

راہن صاحب: جی ہاں۔

مرتہن صاحب: آپ کیا کھا کے خریدیں گے۔

خریدار صاحب: ارے ہم تو یہ خرید لیں اور آپ کو بھی خرید لیں۔

مرتہن صاحب: آپ ضرور خریدیں گے، ایسے جھپ جھالیے بہت دیکھے ہیں۔

خریدار صاحب: جھپ جھالیے ہو گے تم اور تمہارے باپ، ہڈیاں بیچ بیچ کر چار پیسے جمع کر لیے ہیں، اس پر آئے ہیں ہم سے باتیں کرنے۔

مرتہن صاحب: اور تم نے سوائے تھانہ داروں کی دلالی کرنے کے عمر بھر کیا کیا ہے۔ کچھ پونجی ہو گئی بس اپنے آپے سے باہر ہو گیے۔

میں: ہاں ہاں صاحب، آپ لوگ لڑتے کیوں ہیں شریفوں کی طرح باتیں کیجیے۔ آپ معاملہ طے کرنے آئے ہیں یا گالی گلوج کرنے۔

خریدار صاحب: میں نے تو کچھ کہا بھی نہیں تھا۔ یہ تو انھوں نے آتے ہی آتے اس قسم کی باتیں شروع کیں۔

راہن صاحب: اچھا اب آپ ہی طرح دے جایئے ہو گا۔

خریدار صاحب: طرح کیا دی جائے، کہیں دو چار سو روپیہ پانچ چھ روپیہ سیکڑہ پر لگائے ہوں گے، اس پر آئے ہیں مقابلہ کرنے۔

شیخ جی: (گرج کر) بارہ روپیہ سیکڑہ سے کم پر تو ہم بات نہیں کرتے ہیں۔

خریدار صاحب: چلو ہمارے ساتھ، ہم چوبیس روپیہ سیکڑہ تک کی دستاویزیں دکھلا دیں اور کمیشن اوپر سے۔ تم کو نصیب نہ ہوا ہو گا یہ نرخ لینا۔

میں: ان فضول باتوں سے کون مطلب، اگر آپ کو لڑنا ہی ہے تو باہر جا کر لڑیے۔

ناظرین ان حضرات کی طرف سے میری معذرت قبول کیجیے۔ خدا کے یہ نیک روزہ دار بندے نہ خاندانی مہاجن تھے نہ باپ دادا کے وقت سے سودخوری کے مشاق تھے۔

اسی وجہ سے معاملہ فہمی میں کچھ کسر باقی رہ گئی تھی مگر قرینے سے معلوم ہوتا تھا کہ ایک پشت کے بعد باوجود رمضان شریف کے بردباری اور سودخوری دونوں میں مضبوط ہو جائیں گے۔ ان حضرات کے منھ سے جھاگ اڑ رہی تھی۔ لہریں نہیں بلکہ جوار بھاٹے آ رہے تھے۔ ہونٹوں کے کناروں پر سمندر پھین جمتا جاتا تھا اور ان دو نیک لوگوں میں ہم روزہ خور گناہ گار پھنس گیے تھے۔ ان کے منھ سے خوشبوؤں کے بقعے بھق بھق اڑ رہے تھے اور ہم محسوس کر رہے تھے کہ روزہ نہ رکھنے کے عذاب میں گرفتار ہیں۔ اسی تو تو میں میں کے درمیان میں ہمارے خدائی فوجدار قسم والے دوست بھی آ گیے۔ تھوڑی دیر چپ رہے۔ اس کے بعد میری پریشانی دیکھ کر

کہنے لگے، "شیخ جی سے دوستی بھی کروگے اور روزہ بھی نہ رکھوگے اور روزہ دار کے منھ کی بو سے بھی گھبراؤگے۔ آخر تمہارا حشر کیا ہونے والا ہے۔"

***

۵

دور کا نشانہ

لالہ بنسی دھر تھے تو ذات کے بنئے، اور وہ بھی کشور دھن جو بنیوں میں اونچی ذات نہیں سمجھی جاتی ہے۔ مگر اپنے اندازِ شرافت سے ہیموں بقال، ٹوڈر مل مجار گو، سب کی یاد تازہ کر دیتے تھے۔ گھر کے اندر بیٹھ کر جو پوجاپاٹ کر لیتے ہوں مگر باہر آزاد خیال، آزادہ رو مشہور تھے۔ آج کل کی آزادہ روی نہیں کہ باتیں کرنے میں بدتمیزی تمغہ خودداری سمجھا جائے اور کھلم کھلا ہر چیز کھانا پینا نئ روشنی کی پہچان ٹھہرے۔

حسن اتفاق سے حسن پرست بھی واقع ہوئے تھے۔ اس لیے لکھنو کے چوک اور شہر کے پچھمی حصے سے جہاں قدیم کلچر کے نام لیوا نوابین رہتے ہیں زیادہ واقف تھے۔ لکھ پتی مشہور تھے، گھر میں مہاجنی، عدالتِ دیوانی سے خریدی ہوئی زمینداری سب ہی کچھ تھا مگر صحبت کے یقیناً ایسے تھے کہ باوجود مصروفیت کے ان جلسوں کے لیے وقت نکال لیتے تھے۔ چوک بھر کی خبر رکھتے تھے۔ جہاں کہیں جلسہ ہوا یا پرائیویٹ مجرا ہوا، وہاں پہنچ ہی جاتے تھے اور رکھ رکھاؤ ایسا تھا کہ ان جلسوں میں حاشیہ نشین ہو کر نہیں بیٹھتے تھے بلکہ مسند کا کونا دبا کر بیٹھنے والوں میں شمار ہوتا تھا۔

جہاں کہیں اربابِ نشاط کے انتخاب کا سوال پیش ہوتا تھا وہاں ان کی رائے بہت قیمتی سمجھی جاتی تھی۔ اور ایسے اہم معاملات میں جو خوش قسمت ان کا مشورہ حاصل کر سکتا، وہ مطمئن ہو جاتا تھا کہ صورت، دن، سن اور فن کے لحاظ سے اب کوئی کسر نہیں رہ گئی۔

آدمی منکسر مزاج اور خدمت کرنے کا جذبہ رکھتے تھے، مگر جہاں سے دل کے معاملات شروع ہوتے تھے وہاں سے ان کی خودداری ان کو اجازت نہیں دیتی تھی کہ دوسرے کے معاملات سے واسطہ رکھیں۔ تجربے نے ان کو بتا دیا تھا کہ چاہے جتنا بڑا دوست ہو یا کتنا ہی دولت مند ملاقاتی ہو اگر ان پرائیویٹ معاملات میں یہ کسی کی مدد کریں گے تو ذلیل ہو جائیں گے۔ میرے پڑھنے والے کہتے ہوں گے کہ لکھنے والا سٹھیا گیا ہے۔ نہ معلوم کہاں کی دقیانوسی بداخلاقیوں اور بدتہذیبیوں کو پیش کر رہا ہے اور یہ بھی خیال نہیں کرتا کہ نوجوان لوگ پڑھ کر بے راہ ہو جائیں گے۔ چوک اور چوک بازاروں کا ذکر قانوناً ممنوع ہو جانا چاہیے۔ میں عرض کروں گا کہ کہیں ایسا کیجیے گا بھی نہیں، نہیں تو نہ معلوم کتنے ریسٹوران، کتنے ہوٹل، کتنے کافی ہاؤسز، ملک کارنرس پر قفل پڑ جائیں گے اور نوجوانوں کو جو سبق فطرت پڑھا چکی ہے وہ تو بھولنے سے رہے لیکن زیب النسا کی طرح چلا اٹھیں گے کہ،

پاکبازئ من باعث گناہِ من است

جس زمانے کی باتیں کر رہا ہوں اس وقت عید اور دوسرے خوشی کے موقعوں پر باضابطہ محفلیں ہوتی تھیں جن میں بچے، بوڑھے، جوان سب باضابطہ شریک ہونا اپنا فرض سمجھتے تھے۔ ہر ایاز اپنی قدر پہچان کر برتاؤ کرتا تھا۔ کوئی خالی سم پر گردن

ہلا دیتا تھا۔ کوئی "آں" بھی کہہ دیتا تھا۔ کوئی خالی واہ کرنا اپنا منصب سمجھتا تھا، کوئی موسیقی کے نکات بیان کر دیتا تھا اور بزرگِ محفل خالی شگفتہ مزاجی چہرے سے ظاہر کرتا تھا اور ان ہی مواقع پر بعض نوجوانوں کی نگاہوں کا جائزہ لیتے ہوئے زبانِ حال سے کہتا تھا،

اچھا ہے دل کے ساتھ رہے پاسبانِ عقل
لیکن کبھی کبھی اسے تنہا بھی چھوڑ ے

لالہ بنسی دھر کے ایسے لوگ آرٹسٹ سے تہذیب کے ساتھ باتیں کر کے اس کا دل بھی بڑھاتے تھے۔ لیجیے صاحب، سارنگی پر لہرا شروع ہوا۔ یہ ناچ کی تصریحیں کرتے جاتے ہیں کہ سری کرشن کی لیلا ہے۔ سری کرشن جی بچپن میں گیند کھیل رہے تھے۔ گیند سمندر میں جا گرا۔ ناگ دیو نے منہ میں لے لیا۔ سری کرشن جی نے اس کو پھانس لیا ہے۔ سمندر میں جا کر اس کے منہ سے گیند لا رہے ہیں۔ ناچنے والی نے بایاں ہاتھ کاندھے کی سیدھ پر پورا لانبا کیا۔ دوسرا ہاتھ بھی کاندھے کی سیدھ پر رہا۔ مگر کہیں سے خم ہو کر پنجا سینے کے سامنے آ گیا۔ بائیں ہاتھ کے پنجے نے سانپ کا پھن ثابت کیا ہے، داہنے ہاتھ کی انگلیوں نے ٹھمکیاں دے کر یہ ظاہر کیا کہ جب سانپ پھنس گیا تو سری کرشن جی نے یوں ٹھمکیاں بتائیں۔ ناچنے والی پیش در پیش چال سے بتا رہی ہے کہ سانپ کی کنڈلیوں پر چڑھ کر سری کرشن یوں گیند سمندر سے لائے تھے۔ ہاتھ کا پنجا ماتھے کے سامنے آ گیا۔ کلائی ماتھے سے چھو گئی۔ انگلیاں اوپر کو اٹھی رہیں، ہتھیلی محفل کی طرف رہی۔ یہ کرشن جی کا مکٹ ہو گیا۔

اب مہادیو جی کا ناچ شروع ہوا۔ تیزی سے گھوم گھوم کر چاروں ہاتھوں سے

دنیا بنا رہے ہیں۔ لالہ بنسی دھر اس طرح ارتھ بتاتے ہیں کہ ہر توڑے ہر پلٹے کے معنی آئینہ ہوتے جاتے ہیں۔ اے لیجیے پاربتی کے ناز و انداز شروع ہوئے، ہر پہلو سے اپنے کو بچاتی ہیں،

وہ کیا کرے کہ محبت کا مقتضی ہے یہی
وگرنہ فائدہ اس کو مرے ستانے سے

لے کی نزاکتوں، پرن کی مشکل، جگہوں کی داد الگ دیتے چلے جاتے ہیں کہ سننے والوں کا لطف دوگنا ہوتا جاتا ہے۔ لیجیے صاحب، اس کے بعد بھاؤ شروع ہوئے، وہ حنائی ناخون، ہونٹوں کی سرخی اور آنکھوں کے لال ڈوروں کی طرف اشارہ کرتی ہے۔ یہ مہجور کے خونینِ دل کا پتہ دیتے ہیں کہ خوشی کی خبریں بھی ہوں، رنج میں لہو کے آنسو رلاتی ہیں،

اپنی بپتا میں کاسے کہوں
تمرے کارن جو دکھ پاوا

کے معنی اب آئینہ ہوگیے۔ اس نے انگوٹھے کی آرسی دیکھی، زرد دوپٹے کا آنچل ہاتھ پر لیا کہ رنگ ایسا ہو گیا ہے۔ کلائی سے نیچے کو ادھر ادھر الٹے پلٹے دیے کہ رات کروٹیں بدلتے کٹی ہے۔ پچھتاوے کے انداز سے داہنے ہاتھ کی ہتھیلی پر ٹھڈی جمائی۔ اس ہاتھ کی ہتھیلی کہنی کے نیچے رکھ کر خیالی زانو قائم کیا۔ انھوں نے انترے کے معنی ہویدا کر دیے کہ،

"کدر پیا تمری کھتا (خطا) ناہیں
مورا کیا مورے آگے آوا"

یوں ثابت کرتے ہیں۔ خیال کو اور چوکھا بنانے کے لیے موقع کا شعر بھی پڑھ دیا۔

ذرا اٹھاؤ تو نظر اداس کیوں ہو اس قدر
یہ خشک لب، یہ چشم تر، یہ کیا نصیبِ دشمناں

یہ حصہ تو لالہ بنسی دھر کا ہوا۔ اسی طرح بڑے چھوٹے صدر نشین، حاشیہ نشین، صفِ نعل والے سب مل کر کلچر کا معیار مضبوط کرتے ہیں، یہ نہیں کہ ہر موقع دعوتِ پردہ دری دے اور بے پردگی خلوت و جلوت کا فرق مٹا دے۔ یہ تو باضابطہ صحبتوں کا حال ہوا۔ اب لالہ بنسی دھر کی پرائیویٹ تفریحوں کا حال سنیے۔ دن کو بڑا چوکور زمرد ہاتھ میں پہنے رہتے تھے۔ شام کو جب سیر کے لیے نکلتے تھے تو انیس بیس کیرٹ کا ہیرا انگلی میں اضافہ ہوتا تھا۔ گلے میں سونے کی دو موٹی موٹی لڑیں ہوتی تھیں۔ عطر کے معاملے میں ذری ٹکسالی گلاب کا قیمتی عطر ملتے تھے۔ جس کی خوشبو سے نازک مزاجوں کو چھینکیں آنے لگتی تھیں۔ اتنی تمیز داری ضرور تھی کہ خس کا عطر صرف گرمیوں ہی میں لگاتے تھے، مگر اس کے آگے نفاست کا لحاظ کم رہ جاتا تھا۔ مثلاً کیوڑے کا عطر جو صرف آبدار خانے اور بھنڈی خانے میں کام آتا ہے سر کے تیل میں ڈال لیتے تھے۔

زنانہ مردانہ عطروں میں فرق نہیں کرتے تھے۔ پھولوں کے ہلکے عطر جیسے چنبیلی، جاڑوں میں بھی لگا لیتے تھے۔ جاڑوں کے عطریات مصالحہ والے جیسے حنا، شمامتہ العنبر گرمیوں میں استعمال کر جاتے تھے۔ مجموعوں کی نزاکتوں کا خیر کون ذکر، جنھیں مختلف عطروں کا خیال ہو اور پھر بھی تمیز نہ ہو سکے کہ بھینی بھینی ہلکی ہلکی

خوشبو جنت سے آئی یا اسی دنیا میں پیدا ہوئی۔ جب بے فصل کی لپٹیں آتی تھیں تو نفیس مزاج کہہ اٹھتے تھے کہ "بوئے کچوری می آید" مہاجن آدمی تھے اس لیے دل کے معاملات میں بھی حدود کے باہر پاؤں نہیں پڑتا تھا۔ ایک دن بے تکلفی میں کہنے لگے کہ سال میں ہم سب سے پہلے تو وہ پونجی نکال لیتے ہیں جو کاروبار میں لگائی تھی۔ اس کے بعد خانہ داری کے اخراجات الگ کرلیتے ہیں۔ اس کے بعد منافع میں سے جس قدر مناسب ہوا پونجی میں اضافہ کرتے ہیں۔ سب کے بعد کچھ روپیہ اپنے دل کی خوشی کے لیے علیحدہ کرلیتے ہیں۔ یہ روپیہ ہم بے دھڑک صرف کرتے ہیں، اگر کوئی گومتی کے کنارے بیٹھ کر ہمارے ساتھ روپیہ پانی میں پھینکے اور یہ کھیل ہم کو پسند آجائے تو ہم اس میں بھی مقابلہ کرنے کو تیار ہیں لیکن جب دل کی خوشی والا مال ختم ہو جائے گا تو ہم اٹھ کھڑے ہوں گے۔ پھر دل اور دل کے افکار کو خدا حافظ۔

ایک دادرا ہے "دل ایکے سے لاگے ہجاروں (ہزاروں) کھڑے" لالہ آدمی وسیع الاخلاق ہے اس لیے گو منظورِ نظر ایک ہی رہتی تھی۔ مگر خیر صلاّح سب کی پوچھ آتے ہیں۔ شام سے لے کر دس بجے تک،

"رات ہی بھر گو رہے لیکن گلوں میں ہم رہے"

کا آوازہ بلند کیا کرتے تھے۔ کسی سے تکلف اور تہذیب کی ملاقات ہوتی تھی۔ کسی سے خلوص اور بے تکلفی تھی۔ بعض سے مذاق اور کنایوں کی چوٹیں چلتی تھیں۔ کہیں کہیں ایک آدھ منچلی ایسی بھی ہوتی تھی جہاں غالب مرحوم یاد آجاتے تھے،

دھول دھپا اس سراپا ناز کا شیوہ نہیں

ہم ہی کر بیٹھے تھے غالب پیش دستی ایک دن

لالہ بنسی دھر تھوڑے سے فلاسفر بھی تھے۔ جب دوستانِ ناصح ان کے پاؤں کے سنیچر اتارنے پر معترض ہو کر کہتے تھے کہ "یک در گیر و محکم گیر" خود کو پانی سے پتلا، ہوا سے ہلکا نہ کریں اور ہر جگہ کی حاضر باشی سے باز آئیں تو یہ جواب دیتے تھے کہ جنسی تقاضے الگ چیز ہیں، اور صنفِ نازک سے ہم کلامی اور ہم نشینی کی خواہش دوسری چیز ہے۔ لیکن جن ممالک میں پردہ ہوتا ہے وہاں آدمی طے نہیں کر سکتا کہ کس قدر تقاضا آدمی میں پہلی بات کا ہے اور کس قدر دوسری بات کا اور انسان غلطی سے دوسرے تقاضے کو بھی پہلا تقاضہ ہی سمجھا کرتا ہے۔ اگر ملک میں پردہ نہ ہو تو دوسرا تقاضہ پورا ہوا کرے اور پہلا اپنے حدود سے باہر نہ جائے، بات پتے کی کہتے تھے مگر نصیحت کرنے والوں کی عقل ان باریکیوں تک کہاں پہنچتی ہے،

وہ بھلا کس کی بات مانے ہیں

ناصح صاحب تو کچھ دوانے ہیں

ناظرین لالہ بنسی دھر کی آوارہ گردی سے ان کی آبرو ریزی ہوئی۔ اور ہمارے ناصح کی "ح" گر گئی تو کوئی ہرج نہیں۔ مطلب دونوں حالتوں میں نکل آیا۔

ایک دوست کے یہاں کوئی چھوٹی سی تقریب تھی۔ ناظرات لالہ بنسی دھر کے متعلق نہ ہوتی تو کس کے ہوتی۔ سب سے بہتر گانے والی، سب سے زیادہ شوخ طرار انتخاب کی گئی۔ جلسہ اور دعوت صرف ایک دن کی تھی۔ رات کا مجرا عام تھا۔ فرصت ہوئی۔ سازندے سلام کر کے باہر چلے گیے۔ نثر میں تغزل ہونے لگا۔ بڑی ستھری صحبت، بڑے مزے کی باتیں ہو رہی تھیں کہ ایک سازندہ پریشان کمرے

میں گھس آیا اور کہنے لگا کہ ایک کانسٹیبل نے ہم کو خدا واسطے کو ایک تھپڑ مارا ہے۔ عورت کی موجودگی کی وجہ سے جتنے تھے سب کے دل میں صرف ہمدردی ہی نہیں بلکہ ایک طرح جوش پیدا ہوا مگر پڑھے لکھوں کا جلسہ تھا۔ پہلا جوش طرفتہ العین میں ختم ہو گیا۔ قانونی پہلو سب کے دل میں آیا کہ بغیر ہم لوگوں کا نام آئے کیا چارہ جوئی کی جا سکتی ہے۔

سب نے صاحب تقریب کا منہ دیکھا۔ رنڈی نے لالہ بنسی دھر کی طرف نظر کی۔ زبانِ حال سے کہنے لگی، "ہمارا آدمی ذلیل کیا گیا ہے۔ اس کی تلافی کیا کی جائے گی۔ ہم صاحب تقریب کو کیا جانیں، ہم تو تمہارے بلائے سے یہاں آئے تھے۔ ہر چیز کے ذمہ دار تم ہو۔ اٹھو اور کانسٹیبل کو پھانسی پر چڑھا دو۔" لالہ بنسی دھر نے سر نیچا کیا۔ ایک ذرا سے غور کے بعد نہایت سنجیدگی سے بہت نرم اور معاملہ فہمی کے لہجے میں سازندے سے مخاطب ہوئے۔

لالہ بنسی دھر: "جاؤ اس کانسٹیبل کے نام کا پتا لگا آؤ۔"

رنڈی: "آپ ہیں اچھے خاصے الو کے پٹھے۔ ہمارا تو آدمی مارا گیا۔ ہم ذلیل ہوئے اور تم بجائے اٹھ کر وہاں جانے کے نام کا پتا لگاتے ہو۔" گردن کو نیم حقارت، نیم طنز کا جھٹکا دے کر "پتا۔ آ۔ آ۔ لگا آؤ۔"

لالہ بنسی دھر: بی بی غصہ نہ کرو۔ ہماری بات سنو۔ غصے سے کام بگڑتے ہیں، سنورتے نہیں۔ ہمارے ایک برادر ہیں، انھوں نے فلاں دیہاتی رئیس کو قرضہ دیا۔ ان کا نام تم نے بھی سنا ہو گا۔ ان کی مونچھوں سے چنگاریاں اڑتی تھیں۔ بڑی دھاک بیٹھی تھی۔ پولس ان کے دروازے جاتے ڈرتی تھی۔ نہ معلوم کتنے مقدمے

فوجداری کے ان پر چلے مگر روپیہ کا زور اور ان کا خوف ایسا تھا سینکڑوں بدمعاش ان کی نگاہ دیکھتے تھے، جو چاہا کر گزرے، جس کو چاہا پٹوا دیا۔ ہمارے برادر ان کے یہاں قرقی لے کر گیے۔ انھوں نے قرق امین کی خبر نقد سے لی اور ہمارے برادر کو صرف پٹوایا ہی نہیں، بلکہ بری طرح ذلیل کیا مگر ہمارے برادر نے غصہ بالکل نہیں کیا بلکہ اور زیادہ تابعدار ہو گیے۔ اور بے دھڑک قرضہ اس طرح دینا شروع کر دیا جیسے کچھ ہوا ہی نہ تھا۔ آج اس کے گھر کی نیو کا ٹکا کھدوالیا۔ رئیس صاحب آج کوڑی کے نہیں، مارے مارے پھرتے ہیں۔ یہ کانسٹیبل ٹکے کا آدمی کون چیز ہے، بس نام معلوم ہو جائے ہم کل ہی سے دوستی کر کے سالے کو قرضہ دینا شروع کر دیں گے۔ تم اطمینان رکھو۔

***

٦

گناہ کا خوف

عبدالمغنی صاحب نے مختاری کے پیشے میں وہ نام پیدا کیا تھا کہ ڈپلوما والے وکیل بیرسٹر کیا کریں گے۔ بڑے بڑے زمیندار، تعلقدار، مہاجن خوشامدیں کرتے تھے۔ کمشنری بھر میں کون ابتدائی مقدمہ ایسا ہوتا تھا جس میں عبدالمغنی صاحب دو فریق میں سے ایک کے مددگار نہ ہوں۔ ان کی ترتیب دی ہوئی مسل دیکھ کر چوٹی کے وکلا دنگ رہ جاتے تھے اکثروں کو یہ کہتے سنا ہے کہ اگر اس شخص نے وکالت کا امتحان پاس کرلیا ہوتا تو یہ ہائی کورٹ کے بہترین ایڈوکیٹس میں سے ہوتا۔

عبدالمغنی صاحب نے بلا کا دماغ پایا تھا۔ پر نہیں کٹے تھے۔ صوبہ بھر میں کہیں کا مقدمہ ہو اور کیسے ہی پیچیدہ معاملات ہوں۔ اگر فریق مقدمہ ان تک پہنچ گیا تو سب مشکلیں حل ہو گئیں۔ زبان میں نہ معلوم کیا جادو تھا اور نہ معلوم کیسے انچھر یاد تھے کہ آدمی کو رام کرلینا کوئی بات ہی نہیں تھی۔ جہاں صلح کا موقعہ ہوا دوسرے فریق کے دل میں جگہ کرکے صلح کرادی۔ جہاں لڑائی کا موقع ہوا مخالف فریق کے بہترین آدمی توڑ لیے۔ کوئی دوسرا ہزار دو ہزار میں کال نکالے یہ سو دوسو میں کامیاب ہو جائیں۔

وکیل نہ ہونے کا خود ان کو کبھی افسوس کرتے نہیں سن۔ اور افسوس کرنے کا موقعہ ہی کہاں تھا۔ کام اتنا تھا کہ فضول خیالی گھوڑے دوڑانے کا موقعہ بھی نہیں ملتا تھا۔ وکیلوں کے یہاں ایک محرر ہوتا ہے۔ کوئی ایسا ہی بڑا ہوا جس کے یہاں دو ہوئے۔ ہائی کورٹ کے اونچے اونچے وکلاء کے ساتھ دو تین جونیئر لگے رہتے ہیں۔ ان کے یہاں بیس کام کرنے والے تھے اور پھر نہ جونیئر کا سوال نہ سینئر کا۔ خالی ہر شخص کی فطری قابلیت دیکھ کر کام سپرد کیا جاتا تھا۔ جو اپنا کام سمجھ کر کرتا تھا۔ ان کے جلسے میں مقدمہ کے ہر پہلو کے اسپیشلسٹ موجود تھے۔ حسب حیثیت باموقع اعتبار کرنے والے دید ارو چشم دید گواہ مہیا ہو سکتے تھے۔ ان کے جلسے میں ایسے لوگ بھی موجود تھے جو سو پچاس برس کا سادہ کرم خوردہ کاغذ نکال دیں۔ دھواں دے کر نئے کاغذ کو پرانا بنا دیں۔ تین دن کے اندر حاشیہ کو دیمک سے چٹوا دیں، متن ویسے کا ویسا ہی رہے

دستاویزوں میں سے الفاظ غائب کر دیں اور عبارتیں اس طرح داخل کر دیں کہ بڑے سے بڑا تحریر شناس دھوکہ کھا جائے۔ ان کے ملنے والوں میں ایک منشی صاحب تھے جو بائیں ہاتھ سے اور پاؤں سے بھی لکھ لیتے تھے اور شان خط بدل دیتے تھے۔ ہفت قلم تھے۔ اس معنی میں نہیں کہ نسخ نستعلیق شکستہ وغیرہ وغیرہ لکھ لیتے تھے بلکہ اس رو سے کہ مختلف لوگوں کے انداز خط کی ایسی نقل اتارتے تھے کہ خود لکھنے والا اگر کچھ دن بعد دیکھے تو نہ جانے۔

ان کے علاوہ ایسے لوگ بھی تھے جو اکثر ضرورت ہو تو مسل گھما دیں ریل پر سے، کچہری کے احاطے سے، گھر سے یا جہاں سے بہترین موقع ہو۔ بستے سے

ضروری کاغذ غائب ہو جائے، باقی ویسے ہی رکھے رہیں۔ بالکل اسی طرح کا بستہ رکھ دیا گیا اور گواہ گھر سے کاجل کا چور اصلی بستہ لے گیا۔ اپنے یہاں کے اٹھنے بیٹھنے والوں میں سے ایک شخص کی خود تعریف کرتے تھے کہ انہوں نے وہ جرات کی اور صفائی کا وہ کمال دکھایا کے دوسرا ہوتا تو پاؤں کانپ جاتے اور دھر لیا جاتا۔ ایک بہت بوڑھے فریق مخالف عبا قبا پہنے۔ جاڑوں کے دن، بغل میں بستہ دبائے اپنے وکیل کے پیچھے کھڑے بحث سن رہے تھے ان کی بغل سے بستہ نکل گیا اور کسی کو خبر تک نہ ہوئی۔ اس کے علاوہ ایسے لوگ بھی لگے رہتے تھے جو لڑائی بھڑائی میں بند نہ تھے مگر یہ سب دوسروں کے لیے کرتے تھے کیونکہ ان کے خیال میں مقدمہ بازی میں اور عشق بازی میں سب کچھ جائز تھا۔

مگر خود اپنے لیے عبد المغنی صاحب ان تمام باتوں سے علیحدہ رہتے تھے۔ مقدمات معاملات کی اور بات ہے۔ مثلاً بیان ہوتا ہے۔ ایک مرتبہ ایک نوجوان زمیندار تھا جو بالغ ہونے کے بعد اپنے بڑے بھائی پر مقدمہ چلانے والا تھا، سب سامان لیس تھا۔ صرف دعویٰ داخل کرنا تھا۔ اسٹامپ خرید لیا گیا تھا۔ میعاد میں صرف تین دن باقی تھے اگر وہ دعویٰ ہو جاتا بڑے بھائی کا دیوالیہ نکل جاتا اور یہ بھی زیر بار ہو جاتا۔ بڑا بھائی ان کے پاس آیا۔ عبد المغنی نے شکار کے بہانے سے اس لونڈے کو پھانسا اور تین دن کے بجائے چار دن کے لیے اس کو نہ جانے کہاں الوپ کر دیا۔ کسی کو خبر تک نہ لگی۔ میعاد نکا جانے کے بعد چھوڑ دیا اور کچھ ایسی چالیں چلے کہ وہ لونڈا حبس بے جا کا دعویٰ کرنا کیسا ان واقعات کا ذکر کرتے ڈرتا تھا۔ یوں بلا وجہ کسی کا رواں کبھی نہیں ستایا۔ نہ اپنے ذاتی معاملات میں ان کو کسی کے ساتھ زیادتی

کرتے دیکھا۔ محلہ میں ہر شخص سے یگانگی کا برتاؤ تھا اور کون ایسا تھا جس کی خدمت انہوں نے نہ کی ہو، اپنی بات کے دھنی تھے اور ارادے کے ایسے مضبوط تھے کہ جس بات پر قائم ہو گئے پھر اس سے نہیں ہٹتے تھے چاہے کچھ ہو جائے۔

ایک مرتبہ طاعون آیا۔ بیماروں کی خبر گیری، غریبوں کی تیمارداری، میتوں کا دفن کروانا، سب اپنے ذمے لے لیا۔ طاعون کے نام سے لوگ گھبراتے ہیں مگر یہ ہر جگہ پل پڑتے تھے۔ نہ معلوم کتنے مردے خود اپنے ہاتھوں سے قبر میں اتارے، لوگوں نے کہا انجکشن لے لو مگر انہوں نے پرواہ بھی نہ کی۔ اس کے مرشد نے ایک تعویذ بھیجا تھا وہ تو ضرور کرتے کے نیچے گلے میں ڈال لیا تھا۔ اور سورۂ تغابن کی مزاولت رکھتے تھے اور بس۔ طاعون کی بلا ختم ہونے کے بعد عبدالمغنی کا اثر ارد گرد اچھا خاصا بڑھ گیا تھا۔ اول تو ایسے آڑے وقت میں لوگوں کے کام آئے تھے۔ دوسرے رفتہ رفتہ کچھ جائیداد بھی پیدا کر لی تھی، بہت سی دوکانیں بنوالی تھیں، جن میں کرایہ دار بساتے وقت کرایہ کا خیال اس قدر نہیں کیا جاتا تھا جتنا اثر بڑھانے اور لوگوں کو اپنی پارٹی میں شامل کرنے کا چنانچہ میونسپل اور ڈسٹرکٹ بورڈ وغیرہ کے الیکشن میں ان کا کنڈیڈیٹ اور ان کی پارٹی ہمیشہ جیتتی تھی۔ انہیں وجوہ سے اگر مختار صاحب کسی سے کوئی بات کہہ دیں تو اس کو ٹالنا مشکل ہو۔ چنانچہ ان کے مکان کے قریب ایک زمین تھی جو ایک شخص نے مول لی تھی۔ عبدالمغنی اس کے خواہش مند تھے۔ یہ اراضی ان کے بھی موقع کی تھی اور اس کے بھی مگر ان کے رعب کی وجہ سے وہ انکار نہ کر سکا۔ اسی زمین پر انہوں نے ایک مختصر سا مکان بنوایا تھا جو ابھی ابھی تیار ہوا تھا، اور خیال تھا کہ مہمانوں کے لیے وقف رہے گا۔ نماز روزے کے

بڑے پابند تھے مگر اسی کے ساتھ زاہد خشک بھی نہ تھے۔ دوست احباب کے ساتھ چوک بھی چلے جاتے تھے۔ خود ان کے گھر پر بھی اس طرح کی صحبتیں آراستہ ہو جاتی تھیں۔ ان کے کمرہ میں کونے میں بایاں اور تان پورہ بھی رکھا رہتا تھا مگر یہ سب دوسروں کی خاطر اور آشنا پرستی میں گوارا کرتے تھے۔ خود ہمیشہ بے لوث رہتے تھے حس پرستی تلکو جائزہ جانتے تھے۔ مگر تردامنی میں کبھی مبتلا نہیں ہوئے تھے۔ وضع داری کا یہ حال تھا کہ ریاست پور میں کسی زمانہ میں مختار تھے اس سلسلہ کو منقطع ہوئے برسوں گزر گئے تھے لیکن ان کے نام کا مختار نامہ آج تک پڑا تھا۔ رئیس صاحب کی جائیداد چوتھائی نہیں رہ گئی تھی کچھ اسی وجہ سے، اور کچھ اس وجہ سے کہ ان کی مصروفیتیں بہت بڑھ گئی تھیں۔ انہوں نے رئیس صاحب کو مشورہ دیا کہ مختار نامہ صاحبزادے کے نام ہو جائے۔ یہ سب کچھ تھا، مگر آج تک رئیس کو اپنا آقا ہی سمجھتے تھے، اور جو کام ہوتا تھا اپنا سمجھ کر کرتے تھے۔ رئیس صاحب کے بیٹے اور یہ قریب قریب ہم سن تھے جس وقت کا یہ واقعہ بیان کرتا ہوں، عبدالمغنی صاحب چالیس اکتالیس برس کے رہے ہوں گے اور شہامت علی رئیس صاحب کے بیٹے کا سن ۳۵ برس کے قریب ہوگا۔ آدمی ذرا شوقین مزاج تھے مقدمات کی پیروی میں بہت آیا کرتے تھے،

فکر بازاری بھی، ہر وقت ہی درباری بھیاک مصیبت ہے جوانی بھی زمینداری بھی اور چونکہ عبدالمغنی صاحب کی وجہ سے کھانے اور قیام کی جگہ سے بے فکر تھے، اس لیے شوق بھی آزادی سے پورا ہوتا تھا۔ عبدالمغنی صاحب کے گھر میں ان کا کمرہ علیحدہ تھا جو سڑک کی طرف کھلتا تھا۔ اس لیے اگر رات کو انہوں نے کسی کو بلایا بھی

تو کسی کو خبر نہ ہوتی تھی۔ عبد المغنی صاحب سے کوئی تکلف نہ تھا خود ان کا دل چاہا یا شہامت علی کی خاطر سے منٹ دو منٹ کو چلے بھی آئے اور یہ دیکھ کر کہ خاصدان میں پان اور لوٹا، گلاس پانی کا، گھڑا سب موجود ہے چلے گئے۔

شہامت علی جب مقدمہ کے سلسلہ میں آتے تھے تو عموماً دو تین دن رہتے تھے اور جب شہر کے قیام کا کوئی عذر معقول نہ رہ جاتا تھا تو چلے جاتے تھے۔ ایک مرتبہ خلاف عادت کئی دن رہے چہرے کی کچھ پریشانی کچھ فکر مندی سے عبد المغنی کو پتہ چلا، پوچھنے لگے خیر تو ہے۔

شہامت علی۔ یار کیا کہیں، یہ سامنے درزی کی دکان نہیں ہے اس کوٹھے پر ایک رنڈی آئی ہوئی ہے۔ کہیں باہر کی ہے۔ میں نے ابکی ہی دورے میں دیکھا ہے۔ بھئی ہم تو کھیت رہے مگر وہ ظالم کسی طرح رنگ پر آتی ہی نہیں۔ کچھ ہم نے بھی حماقت کی کہ اپنے دل کا راز اس پر ظاہر کر دیا۔ اس کے بعد اب تو اس کے مزاج ہی نہیں ملتے۔ گھمن خان کو درمیان میں ڈالا مگر وہ پابندی کا عذر کرتی ہے۔ اور یہاں یہ حال ہے کہ خواب و خور حرام ہے۔ رات کی نیندیں اڑ گئی ہیں اور جو ہم کوشش کرتے ہیں وہ اور کھنچتی جاتی ہے۔

عبد المغنی۔ ان اونچی رنڈیوں میں یہی تو خرابی ہوتی ہے کہ یوں خاطر مدارات میں لگاوٹ سب کچھ کریں گی مگر معاملے کی بات پر عجیب مزاج کی لینے لگتی ہیں۔ اور اگر کہیں جھوٹ موٹ کی نتھ پہنے ہوئیں تو آشنائی نہ ہوئی قلعہ ہی فتح کرنا سمجھئے۔ چھوٹتے ہی بی نائکہ صاحب کہتی ہیں۔ نا صاحب، ابھی مری بچی کم سن ہے کچھ دن آیئے جایئے، اٹھیئے بیٹھیے، لڑکی سے مانوس ہو جایئے، آپ اس کی طبیعت پہچان لیں وہ

آپ کے مزاج سے واقف ہو جائے پھر لونڈی کو عذر ہی کیا ہو سکتا ہے۔

اگر پیشے میں آچکی ہے تو نوکری کا سوال پہلے ہی دھرا ہے مستقل تعلق کیجئے، پابند کیجئے اور خود بھی پابند ہو جائیے۔ پھر سب سے بڑی خرابی یہ ہے کہ ادھر تعلق ہوا نہیں، ادھر عیاشی کے گزٹ میں نام چھپا نہیں۔ اگر بڑے بڑے لوگوں کے نام سے یہ اپنے کو نہ منسوب کریں تو اعلیٰ طبقے والی کہلائیں کیوں کر اگر چوری چھپے تعلق کیجئے تو اس میں بھی جب تک مہینوں حاضری نہ دیجئے اور ایک کی جگہ چار خرچ نہ کیجئے کام نہیں چلتا۔ تمہارے معاملے میں اتنا غنیمت ہے کہ تم یہاں کے رہنے والے نہیں ہو۔ باہر والے کی رسائی چوری چھپے کبھی کبھی ہو جاتی ہے کیونکہ اس میں دام بھلے چنگے ہاتھ آجاتے ہیں اور عام طور سے کمانے کا نام بھی نہیں ہوتا۔ خیر چلو ذرا ہم بھی دیکھیں۔ اسی طرف سے نیا مکان بھی دیکھتے آئیں گے۔ آج کئی دن سے نہیں گئے۔ تخت، پلنگ، کرسیاں وغیرہ تو پہنچ گئی ہیں ذرا دیکھنا ہے کہ کس طرح سے سجا جائے اس طرف سے کھڑے کھڑے وہاں بھی چلنا مکان کی آرائش وغیرہ میں تمہارے سلیقے کے ہم ہمیشہ سے قائل ہیں۔

اس رنڈی کے یہاں پہنچ کر میاں عبدالمغنی صاحب نے منہ سے تو کچھ نہ کہا، مگر شہامت علی کا ایسا ادب و لحاظ کیا گویا یہ ان کے ادنیٰ ملازم ہیں۔ ایک ایک گلوری نوش کی اور رئیس صاحب کی طرف سے کچھ دے کر دونوں آدمی اٹھ آئے۔ لیجئے صاحب وہاں رنگ ہی بدل گیا ادھر یہ لوگ رخصت ہوئے اور ادھر نائکہ نے استاد گھمن خاں کو بلایا کچھ سرگوشیاں ہوئیں جس کا نتیجہ یہ نکلا کہ معاملہ روبراہ ہو گیا۔ پیغام بھیجا کہ لونڈی کو حکم میں کبھی عذر تھا نہ ہے۔ صرف بات یہ ہے کہ رات

میں دوسرے کی پابندی ہے، دن کو جب چاہیے گھڑی دو گھڑی کے لیے طلب کر لیجئے۔

اب دقت یہ آن پڑی کہ رات کے لیے تو ان کا کمرہ مناسب تھا مگر دن کے لیے بالکل ناموزوں تھا۔ عبد المغنی کے اعزاء، نوکر چاکر، لڑکے سب ہی موجود تھے۔ مناسب یہی معلوم ہوا کہ وہی نو تعمیر مکان تخلیہ کے لیے کام میں لایا جائے۔

عبد المغنی کچہری جا چکے تھے۔ چنانچہ شہامت علی نے ایک لڑکے کو دوڑایا کہ عبد المغنی سے اس مکان کی کنجی مانگ لائے، یہ بھی کہلا بھیجا کہ جب فرصت ہو تو خود بھی چلے آئیں۔ کنجی تو انہوں نے بھجوا دی اور خود تھوڑی دیر میں آنے کو کہا۔ کلید مراد ہاتھ آگئی، اب عبد المغنی کو کون یاد کرتا ہے۔ انہوں نے نوکر کو تو اس رنڈی کے یہاں بھیجا اور خود کنجی جیب میں لے کر اس نئے مکان کی طرف چلے۔ سب سے پہلے نل کھول کر دیکھا کہ پانی آرہا ہے۔ اس کے بعد پلنگ کی طرف متوجہ ہوئے۔ نواڑ کی پلنگڑیاں متعدد بچھی ہوئی تھیں۔ اونھ، تکیہ بچھونا نہیں ہے نہ سہی، لوٹا بھی نہیں ہے۔ مگر شیشے کی الماری میں جگ اور گلاس تو ہیں۔ یار کچھ پان منگوانے چاہییں۔ نوکر جب آئے گا تو وہ ہی لے آئے گا۔ شہامت علی صاحب کی بے تابی بیان کر کے اپنے پڑھنے والوں پر ناتجربہ کاری کا اتہام لگانا نہیں چاہتا۔

قصہ مختصر کچھ انتظار کے بعد معشوقہ محبوبہ تشریف لائیں۔ انہوں نے دھڑکتے دل سے استقبال کیا۔ نوکر کو گلوریاں، برف، لیمنڈ، لینے کو بھیجا اور پاس تو بٹھا لیا مگر نوکر کی واپسی کے انتظار میں دست ہوس اور زیادہ نہ بڑھایا۔ ہاں جو باتیں اظہار شوق کی بالکل پیش پا افتادہ تھیں ان کا ذکر نہیں مگر نگاہ نوکر کے دھڑکے میں در ہی سے

لڑی رہی۔ اتنے میں نوکر بھی آگیا اواس کے ساتھ میاں عبدالمغنی بھی دھر دھمکے ان کو دیکھ کر شہامت علی صاحب کے چہرے پر مسرت، خلوص اور شکر گزاری کا اشتہار لگ گیا۔ مگر عبدالمغنی صاحب کے چہرے پر خلاف بعید اور سنجید گی متانت بلکہ اس سے بھی بالاتر وہ کیفیت ظاہر تھی جو اس وقت ہوتی ہے۔ جبکہ آدمی مروت کو توڑ کر کسی دوست کے خلاف دوٹوک فیصلہ کرلیتا ہے۔ شہامت علی کا دل دھک سے ہو گیا۔ رنڈی کے دوسرے پہلو میں بیٹھنے کی دعوت دی مگر عبدالمغنی نہ بیٹھے۔ ایک دو سیکنڈ چپ کھڑے رہے اس کے بعد کہنے لگے۔ یار سنو۔ تم جانتے ہو کہ ہماری چیز جان مال دوستوں کے لیے وقف ہے مگر ابھی مکان میں یہ کام نہیں ہو سکتا۔ ابھی اس گھر میں میلاد شریف نہیں ہوا ہے۔

***

یادگار افسانوں کا ایک انتخاب

تم میرے ہو

مصنف : مجنوں گورکھپوری

بین الاقوامی ایڈیشن جلد منظر عام پر آرہا ہے